Si l'au-delà m'était conté

Dominique Mallay

Si l'au-delà m'était conté

Roman

LE LYS BLEU
ÉDITIONS

© Lys Bleu Éditions – Dominique Mallay

ISBN : 979-10-377-5120-1

Le code de la propriété intellectuelle n'autorisant aux termes des paragraphes 2 et 3 de l'article L.122-5, d'une part, que les copies ou reproductions strictement réservées à l'usage privé du copiste et non destinées à une utilisation collective et, d'autre part, sous réserve du nom de l'auteur et de la source, que les analyses et les courtes citations justifiées par le caractère critique, polémique, pédagogique, scientifique ou d'information, toute représentation ou reproduction intégrale ou partielle, faite sans le consentement de l'auteur ou de ses ayants droit ou ayants cause, est illicite (article L.122-4). Cette représentation ou reproduction, par quelque procédé que ce soit, constituerait donc une contrefaçon sanctionnée par les articles L.335-2 et suivants du Code de la propriété intellectuelle.

Pour notre petite mère.

Le bonheur est parfois caché dans l'inconnu.

Victor Hugo

La mémoire est le scribe de l'âme.

Aristote

La révélation d'un don

Il était difficile d'obtenir un rendez-vous avec elle. Il fallait s'y prendre longtemps à l'avance. Et quand celui-ci était enfin pris, l'attente était longue au cabinet avant de la rencontrer. Le lieu où elle recevait ses clients était accueillant et chaleureux.

Nous sommes à Paris, dans le 8ᵉ arrondissement, un quartier résidentiel où se côtoient des avocats et des notaires internationaux, des assureurs de grands comptes, des familles bourgeoises et aristocratiques… Des domestiques aussi, dont certains ont fui l'Espagne ou le Portugal lors de conflits afin de trouver de meilleures conditions de vie. Le dimanche, quand les rues sont en général désertes, il n'est pas rare que les uns et les autres se croisent en se promenant au parc qui jouxte l'avenue Messine. Un magnifique jardin parisien immortalisé par des peintres comme Monet, Caillebotte ou Brispot, auteur de la première affiche du cinématographe des frères Lumière. On y rencontre également quelques artistes connus, des comédiens et des chanteurs. En somme, un environnement rassurant pour consulter une voyante. Je pensais que sa clairvoyance devait être au diapason des dorures qui ornent les grilles du parc Monceau. Je ne la connaissais pas, mais j'en avais entendu parler comme l'une des grandes voyantes de la « Place de Paris ». Elle était souvent comparée à madame Fraya, voyante française de la fin du XIXe et du début du XXe siècle. En annonçant que l'Allemagne déclencherait une guerre mondiale qu'elle finirait par perdre, madame Fraya eut le droit à la reconnaissance des plus sceptiques, après que les célébrités de la Belle Époque eurent été touchées par ses révélations. C'était donc une grande dame prophétesse qui m'attendait après que je l'ai convaincue de me recevoir, alors qu'elle était peu disposée à parler de son don et de ses expériences extraordinaires.

Ah oui, je ne me suis pas présenté. Je suis un jeune journaliste indépendant âgé de 28 ans, diplômé de l'école des journalistes de Lille. De taille moyenne, plutôt mince, brun aux yeux bleus, la vue nécessitant de petites lunettes rondes, j'ai le teint mat car j'aime bien le soleil et je n'hésite pas à m'installer dehors dès qu'il fait beau. Mon regard est plutôt vif, ce qui m'aide parfois à convaincre mes interlocuteurs. J'aime découvrir les autres, les faits de société m'intéressent et je suis curieux de nature. Les gens que je rencontre ainsi que mes amis me trouvent plutôt sympathique et doté d'un certain charme. Décontracté, vêtu en général d'un blouson de cuir, d'un pantalon fuselé vert-kaki et d'une chemise à carreaux assortie, je m'adapte couramment aux situations ; ce qui ne m'empêche pas de réagir quand il le faut. Toute injustice ressentie peut vite m'irriter.

Pour mes prochains articles, je souhaitais réaliser un reportage sur une personnalité extralucide et le proposer à un quotidien dont le tirage est important en France. Je voulais éviter la boule de cristal et les tarots, et j'avais donc décidé d'interviewer un praticien qui n'utilisait aucun support. Je me demandais en effet comment il était possible de deviner l'avenir, juste comme cela. Était-ce vraiment possible ? Vérifiable ? Y avait-il des moments, des conditions, des dispositions plus propices que d'autres à l'exercice de la voyance ? Je m'interrogeais aussi sur son parcours apparemment atypique : quelle était la vie d'une devineresse, était-elle mariée, et si oui qu'en pensait son mari ? Et ses enfants, en avait-elle d'ailleurs ? Naît-on avec ce don, ou vient-il ainsi au gré d'un évènement, d'une circonstance de vie heureuse ou à la suite d'une situation difficile ? Le sujet n'était pas facile à traiter, le scepticisme est tel vis-à-vis des parasciences que ce témoignage se devait d'être pertinent. Quoiqu'il en soit, cette enquête serait réalisée avec objectivité, même si le sujet n'était pas forcément accessible aux lecteurs éventuels. J'allais donc vers elle avec curiosité et perplexité, mais impatient de découvrir cette « science » dite irrationnelle. Je pensais aussi que je frappais à la bonne porte, car ma voyante s'était notamment confrontée aux experts de l'Institut métapsychique international de Paris en faisant des expériences ésotériques. Cette organisation avait été fondée en 1919 pour étudier les phénomènes dits « paranormaux » avec une approche rigoureuse et ouverte. Ses expériences l'avaient amenée à faire un direct radiophonique du 3e étage de la tour Eiffel, dans le salon de l'illustre ingénieur Gustave Eiffel, dont le patronyme originel, Bonickhaussen, était particulièrement difficile à prononcer. Cette émission intitulée C.Q.F.D était retransmise en direct sur la radio Europe 1.

Je craignais aussi qu'elle me devine. Je ne voulais pas que les questions que j'allais lui poser appellent des réponses personnelles touchant à mon intimité. J'avoue que rien qu'en y pensant, cela me donnait un sentiment d'inquiétude. Je venais en effet de me séparer d'Isabelle, une jeune femme que j'aimais encore, une étudiante en droit, fille d'un avocat de la région parisienne. Nous nous étions rencontrés lors d'un séminaire traitant de la politique française sous la Ve République. Peut-être inconsciemment avais-je envie de savoir si Isabelle m'aimerait de nouveau et si cette grande voyante me le prédirait ? D'autant plus que nous nous étions quittés dans d'étranges circonstances. En tout état de cause, ma plume, qui me guiderait, devait être d'un réalisme magique, m'inspirant du talent de Gabriel García Márquez, un illustre confrère : pour lui, seule la poésie est extralucide. Je devais aussi me renseigner sur cette forme de divination qu'est la voyance, car je ne pouvais pas me présenter à elle sans avoir quelques notions de base digne d'un bon investigateur journalistique ; il en allait de ma crédibilité future. Mon papier devait être irréprochable et captivant. Après tout, ne m'avait-on pas appris à l'école de journalisme que l'investigation doit s'appuyer sur plusieurs sources vérifiées, recoupées et recontextualisées ? Mon angle devait être traité de manière originale pour rendre l'information la plus humaine possible en l'illustrant de témoignages vivants ; un récit accessible à tous. En tout cas, je le pensais, et Isabelle, avec qui j'avais évoqué mon projet, paraissait séduite par l'idée. Ce qui ne l'empêchait pas de trouver parfois ma créativité débordante. À ce moment-là, je n'avais pas en tête que ce travail pourrait avoir des effets néfastes sur la vie de notre couple, bien que le temps et mon engagement consacrés à ce reportage ne seraient pas les uniques causes d'une séparation qui s'annonçait jour après jour.

En consultant l'oracle Belline, j'avais appris que l'on parlait de voyance depuis le temps des civilisations les plus anciennes. Belline faisait partie des mages connus, consulté régulièrement par des artistes et des politiques dans son modeste cabinet de la rue Fontaine à Paris, dans le 9e arrondissement. A priori, la possibilité de prédire l'avenir se retrouvait chez les Grecs, dont les dieux que l'on priait accordaient régulièrement des révélations par l'intermédiaire d'augures. On distingue en effet depuis Cicéron deux branches de divination, la voyance et la mantique. Toutes les deux seraient des arts pronostics utilisant des moyens différents : la voyance dite naturelle, intuitive et la mantique plutôt artificielle, technique. La mantique se servirait donc de supports tels que la boule de cristal, les oracles, les thèmes astrologiques et tout autre outil mystérieux. Je savais donc que ma voyante, qui connaissait Marcel Belline, éditeur de ses oracles, était un phénomène psi dont les prédictions étaient pures. Le rendez-vous approchait et mon impatience à la rencontrer m'enthousiasmait.

C'était noté : mardi 19 octobre à 10 heures, rue de Monceau. Tel était le jour de notre entretien. Je comptais y aller avec mon magnétophone, certes un peu ancien, mais auquel je tenais pour sa qualité sonore. L'accepterait-elle ? Peu de confrères utilisent ce matériel qui peut apparaître dépassé, au moment où évoluent les sciences modernes. Il était inutile de m'inquiéter, cette voyante avait l'habitude d'être sollicitée par des journalistes et connaissait sans doute leur manière de travailler. Je devais en tout cas la laisser parler, ne pas l'épuiser par des questions qui pourraient lui paraître inappropriées. C'était un grand jour pour moi, pour mon article, pour ma reconnaissance professionnelle. Les astres étaient avec moi ; l'horoscope du journal le prévoyait, c'était gagné pour les gens du signe du Bélier ce jour-là. Je faisais partie de ces lecteurs qui survolent au quotidien leur horoscope, afin de savoir si la journée sera ensoleillée ou pluvieuse, tout en n'y prêtant pas une grande attention. Plus que deux jours pour préparer mon investigation.

J'habitais au dernier étage sur cour d'un immeuble, pas très loin du métro Saint-Georges et du quartier de Pigalle, à Paris, dans le 9ᵉ arrondissement. Géographiquement, j'étais aussi proche du mage Belline, drôle de coïncidence. C'est un secteur parisien en contrebas de Montmartre, attractif et cosmopolite, en particulier le soir car l'on peut y croiser quelques clients férus d'érotisme et de bars un peu louches. Il faut dire que la concurrence entre ces commerces y est forte. Cette partie de Paris est considérée comme un secteur plus ou moins fréquentable, mais avec un charme inouï et un passé culturel tout à fait remarquable, depuis l'installation du fameux cabaret Moulin Rouge, immortalisé par Henri de Toulouse-Lautrec ou bien encore Vincent Van Gogh et Pablo Picasso…

Je disposais de deux anciennes chambres de bonne, dont la communication entre elles avait été rendue possible après quelques aménagements, grâce aux nombreux coups de main de copains et à la participation en dilettante d'Isabelle. Le dimanche était un moment où nous nous donnions rendez-vous pour refaire le monde, faire les travaux et accessoirement boire une petite bière en commentant les derniers résultats sportifs. Le tout formait un appartement somme toute, assez confortable et merveilleusement ensoleillé. Cette lumière du jour plutôt bleue au petit matin me donnait le moral nécessaire et l'inspiration adéquate pour travailler. De la fenêtre de ma petite cuisine équipée du strict minimum, je pouvais voir un bout de la basilique du Sacré-Cœur, ce qui donnait une certaine plus-value à mon appartement. Isabelle aimait me rendre visite ; nous ne vivions pas ensemble, c'était son choix. Elle était très indépendante, peu ou prou féministe, voulant être et se savoir l'égale de l'homme. C'était une jeune femme pleine de vie. Ses nombreuses taches de rousseur se mêlaient adorablement à une chevelure d'un blond vénitien. À chaque hochement de tête se dégageait un rayonnement lumineux, semblant tout juste sorti du temps de la Renaissance italienne.

J'avais abordé avec elle les phénomènes paranormaux. Mes tentatives pour l'intéresser à ce sujet étaient parfois vaines et certains échanges finissaient soit par des éclats de rire moqueurs, soit par des disputes apparemment sans raison légitime. Il fallait que je me fasse à cette idée, en fait elle n'y croyait pas : point final ! Je me freinais à lui en parler, ce qui, dans le temps, allait provoquer chez moi des émotions fortes de frustration, voire de mécontentement. Ce qui n'avait sans doute pas facilité notre relation.

J'aimais m'installer à mon bureau dans l'angle de ma chambre pour écrire mes notes ou effectuer des recherches me permettant d'illustrer mes propos. Tout y était classé par ordre d'importance : les actualités du jour, les dossiers thématiques, les bouquins sur les sujets que je traitais. À un moment, j'avais trouvé quelques références intéressantes sur le symbolisme des nombres, car je souhaitais mieux appréhender cette approche ésotérique. Je savais en effet que la voyante que j'allais interviewer avait collaboré à la rédaction d'ouvrages proposés par un certain docteur Prosper Azoulay. Ce médecin chercheur analysait l'usage des nombres et leur signification au cours de l'histoire. L'étude de cet expert d'origine israélite cherchait à mettre en parallèle le mystique et la réalité physique. J'appris ainsi la particularité du chiffre 9. Si nous le multiplions par n'importe quel autre nombre et que nous additionnons les chiffres qui composent la réponse, la somme sera toujours égale à 9. Je m'amusais naturellement à le vérifier et je constatais en effet que le résultat était toujours le même, le 9 apparaissait comme par magie. Le chiffre 0 m'intriguait aussi, symbole du néant, du vide absolu ; qu'en était-il de la relation à la naissance du monde et à la Bible ?

Pour le docteur Azoulay, la valeur numérique de certains textes en hébreu révèle des chiffres et des symboliques, en particulier dans les mouvements terrestres et ceux de l'univers. En voyant quelques photos de ce personnage étrange, je découvris un petit bonhomme aux cheveux assez longs et à la moustache blanche, portant un costume étriqué dont le pantalon marqué d'un revers était trop court et taché. J'avais du mal, je l'avoue, à saisir les rapports qui pouvaient exister entre les textes religieux, notamment entre la Bible et les chiffres. Il s'agissait d'une numérologie où le décryptage de certaines lettres amenait à une prévision. En 1968, le docteur Azoulay avait été lauréat du concours télévisé de l'ORTF, office de gestion de l'audiovisuel aujourd'hui disparu. Le programme proposait une analyse sur la Bible : « L'alphabet sacré, base de toute connaissance », une émission de vulgarisation sur les sciences et l'homme. Quoiqu'il en soit, j'avais au moins quelques références pour ne pas ignorer cette particularité arithmétique et spirituelle. Peut-être allais-je surprendre ma voyante en évoquant avec elle les travaux de cet expert.

En fait, j'avais décidé d'y aller juste avec mon carnet de notes ; le magnétophone fétiche serait pour une autre fois. La station de métro la plus proche de la rue de Monceau se trouvait place de Villiers, très accessible depuis Pigalle. Il fallait compter une dizaine de minutes pour accéder au cabinet de Malina. C'est ainsi que l'on baptisait ma divinatrice. S'agissait-il d'un pseudonyme ou bien était-ce son prénom ? Je ne le savais pas. Coïncidence, le vocable Malina, d'origine hawaïenne, a plusieurs significations, et l'une d'entre elles veut dire « calmant ». Je partais donc de l'idée que ses consultations avaient probablement un effet bénéfique sur les préoccupations de ses clients, avec ce subtil mélange d'une poignée de sérénité, d'espérance et de croyance. Une énorme porte cochère de couleur verte me faisait front, comme si l'entrée m'était à jamais interdite. Je réussis néanmoins à pousser l'énorme portail tel un vainqueur des Jeux olympiques antiques. Après être passé par un magnifique porche orné de moulures composées de branches de lauriers, il fallait traverser une cour d'honneur entièrement pavée et abritant deux magnifiques marronniers, pour accéder au cabinet installé dans les communs réaménagés. J'avais l'impression d'être loin de Paris. Les arbres et les oiseaux me faisaient oublier les transports en commun que je venais d'emprunter.

D'un coup, je me remémorais le dernier séjour à la campagne que j'avais passé avec Isabelle. Nous étions allés du côté des châteaux de la Loire. Nous avions séjourné à Blois, dans le Loir-et-Cher, à mi-chemin entre Tours et Orléans. Les jardins de l'évêché où nous nous arrêtâmes, dominant la vallée de la Loire, nous avaient emportés tous les deux, main dans la main, dans un espace unique, une bulle de bonheur. Malheureusement, nous allions découdre cet épisode d'enchantement au fur et à mesure.

La cour étant parsemée de marrons tombés des arbres, il fallait être prudent pour ne pas glisser sur ceux qui s'étaient séparés de leur coque protectrice. Les bureaux de Malina se trouvaient au premier étage, l'entrée et le passage y étaient étroits. Il fallait se tenir à une rampe de couleur noire pour monter à son cabinet, car l'escalier moquetté de rouge était rude. Une première ascension pour connaître son avenir, une espèce de passage obligé en quelque sorte... Je sonnais à la porte où était apposée une plaque professionnelle en cuivre : « J.M, Parapsychologue ». Cette indication professionnelle me laissait supposer que J.M voulait affirmer sa pluridisciplinarité. Cette communication visuelle appliquée à l'entrée du cabinet marquait sans doute sa volonté de faire connaître le sérieux de son métier, en rapport avec le psychisme des individus. Par ailleurs, ces initiales laissaient aussi planer un mystère : qui était-elle vraiment ? J'avais noté dans mes recherches que la parapsychologie avait succédé historiquement à la métapsychique, qui étudiait la médiumnité du XIXe siècle. Mais savait-elle que, pour la majorité des scientifiques, la parapsychologie était considérée comme une pseudoscience à cause de son incapacité à prouver son existence ? Je pensais me retrouver devant une secrétaire aguerrie, en fait ce fut un jeune homme aux cheveux et aux yeux clairs qui m'ouvrit la porte. Il n'était pas très grand et paraissait assez jeune. Vêtu d'une chemise blanche et d'un pantalon de flanelle gris, il était en harmonie avec la discrétion du lieu. M'accueillant agréablement, il me demanda :

— Vous êtes... Vous avez rendez-vous ?

Décliner mon identité faisait partie de mes us et coutumes. J'organisais très régulièrement des soirées étudiantes et, dans la mesure où j'achetais des préventes pour les copains d'Isabelle, j'étais à chaque fois tenu de dire qui j'étais. La dernière soirée avait eu lieu dans une cave de Saint-Germain sur la rive gauche de Paris, un espace confiné aux murs de pierres avec des poutres et des portes voûtées. Chacun de nous devait porter un tee-shirt de la marque Waikiki, de quoi singer toute la tribu, et agrémenté d'un pin's de l'époque, un produit collector si possible. Un code vestimentaire à respecter, sinon vous n'étiez pas accepté. Le maillot de circonstance que portait Isabelle lui allait toujours comme un gant. Légèrement moulant, son Waikiki attirait l'œil. Je n'étais pas insensible à ses charmes et je faisais en sorte que personne ne puisse trop s'approcher d'elle.

Je répondis donc très spontanément au « vous êtes ? ». Le sympathique scribe me pria d'entrer et me fit asseoir au secrétariat. La pièce était assez claire, moquettée dans les tons orange. Elle donnait sur une courette. Je me mis donc face au bureau métallique qui faisait office de table de travail pour poser la machine à écrire électrique et le téléphone. Une lampe des années 1930 éclairait l'ensemble. Le téléphone posé sur le bureau, à proximité de la machine à écrire et d'un énorme répondeur téléphonique, sonnait sans arrêt. Inlassablement, le jeune assistant de Malina répétait : « Elle est occupée, elle est en consultation, rappelez dans une heure ou en fin de journée… ». Apparemment, deux clientes attendaient patiemment dans le salon. La pièce était assez grande, lumineuse, décorée et meublée harmonieusement. Une table basse proposait des revues qui n'étaient pas récentes ainsi qu'un livre d'or. De nombreux témoignages y étaient déposés. Des tableaux signés des initiales « J.M » tapissaient en partie les murs de la salle d'attente. J'en déduisis que Malina était aussi artiste peintre à ses heures de détente. Ses peintures n'étaient pas qu'ésotériques ou de nature symbolique. Au contraire, les consultants de ma voyante pouvaient apprécier des tableaux représentant des paysages, un nu « façon Renoir » une femme assise confortablement et éclairée par une lumière tamisée, cheveux relevés en chignon, ou bien le visage du Christ. Cette présentation hétéroclite et plutôt réaliste donnait l'intimité d'une galerie personnelle, où l'âme de l'artiste se dévoilait en demi-teinte. Je dis spontanément à mon vis-à-vis :

— Je ne savais pas qu'elle peignait, elle est douée. Elle expose ?

— Merci. Oui mais très rarement, car ma mère n'aime pas trop se séparer de ses toiles ; d'ailleurs elle ne les vend pas. Ses œuvres ont été présentées régulièrement au Salon des Indépendants à Paris et à Rome. Ce salon avait l'avantage de permettre aux artistes d'exposer librement et ce, depuis 1889.

Il poursuivit en m'indiquant que sa mère avait obtenu la médaille de la ville de Menton et qu'elle était décorée des Arts et des Lettres. Au-delà de la manière dont était organisée l'exposition de ses tableaux, j'apprenais donc que j'étais en train de parler avec le fils de Malina. Je venais de tomber sur un filon inespéré pour préparer mon papier. Comme il me demandait pour quel journal j'officiais, j'en profitais pour mieux m'insinuer dans cette relation filiale qui devait être hors du commun.

— Cela fait longtemps que votre maman est voyante ?

Avec une expression étonnée, il me répondit presque froidement :

— Quelle drôle de question ! Vous savez, quand je suis né, ma mère l'était déjà. C'est inné chez elle.

— Vous parlez de ce don avec votre maman ?

— Elle distingue ce qui est du domaine privé de l'aide qu'elle peut apporter à sa clientèle. Nous faisons en sorte, ma sœur, mon frère et moi, de ne pas aborder ces questions-là avec notre mère. Nous préférons profiter de moments rien qu'à nous. Vous savez, ce métier est particulièrement difficile, maman ne compte pas ses heures et elle n'hésite jamais à répondre au téléphone, ce qui parfois l'épuise. De plus, ce métier n'est pas reconnu, il est souvent critiqué parce qu'il est considéré comme malhonnête. Il y a une tendance à confondre « Madame Irma » avec son côté folklorique, qui n'a rien à voir avec l'apport de la science parapsychologique. Celle-ci a fait ses preuves en tant que précieuse aide pour prendre de bonnes décisions.

— Et il y a d'autres voyants dans la famille ? Vous voudriez faire comme votre mère ?

— Pas à ma connaissance ; en tout cas, ma sœur, mon frère et moi, nous ne le sommes pas. Tout juste intuitifs, sans doute. On ne devient pas voyant comme cela, en le décidant. Cela vous tombe dessus, vous n'avez pas le choix, vous devez alors accomplir votre mission le plus honnêtement possible. Elle s'impose à vous comme une évidence, en somme.

— Qu'en pensent votre sœur et votre frère ?

— Je ne sais pas, vous leur poserez la question à l'occasion.

Je considérais cette réponse comme une invitation à rencontrer son frère et sa sœur. Par ailleurs, cet échange m'incitait à revenir avec Malina sur ses dialogues avec des morts puisque médium télépathe. Comment cette pratique pouvait-elle être assez réaliste pour prédire un certain nombre d'évènements, sans être taxée de charlatanisme ? Les expériences qu'elle avait menées dans le salon privé de la tour Eiffel reposaient sur des pratiques testées dans les années 1880 par Freud lui-même autour de l'hypnose, pour déceler le mécanisme de l'inconscient dans un état médiumnique, voire télépathique. Il faut dire que Freud avait très tôt été attiré par les phénomènes occultes. C'était un domaine que je connaissais mal, d'autant qu'il s'agissait là d'aborder une matière touchant aux perceptions extrasensorielles de l'au-delà ou à des manifestations d'esprits, sujet particulièrement troublant et controversé. J'avoue que je n'avais pas eu le temps de me plonger dans les publications d'Allan Kardec, fondateur du spiritisme. Ce pédagogue avait en effet découvert le manège des tables tournantes, pratique anglo-saxonne exercée au XIXe siècle. Sa tombe en forme de dolmen est l'une des plus fleuries au cimetière du Père-Lachaise, à Paris. Les visiteurs y font très régulièrement des vœux pour leur vie spirituelle. Je savais que J.M n'abusait pas de la crédulité ou de la vulnérabilité de ses clients, car elle était convaincue, comme Victor Hugo, Théophile Gauthier ou d'autres encore, que le spiritisme pouvait apporter la preuve scientifique de la vie après la mort. En tout état de cause, je pensais que, pour Malina, seul son pouvoir de « voir » apportait un sens spirituel à sa propre destinée.

Et la mienne de destinée, pensais-je tout à coup, était-elle marquée depuis ma naissance ? Ma vocation était-elle de devenir journaliste ? Pourquoi ne reverrais-je pas Isabelle ? Pourquoi tant de brutalité dans notre séparation ? Pouvions-nous l'éviter, devions-nous nous rencontrer ? Aurai-je vraiment des enfants avec elle, réussirai-je ma vie, vivrai-je longtemps ? Pourquoi avais-je perdu récemment ma grand-mère que j'adorais ? Ces questions me perturbèrent et m'installèrent dans un climat assez morose… Je ne devais pas laisser ainsi mon esprit vagabonder de manière négative. Était-ce une émanation des conversations que j'engageais dans ce cabinet de voyance ? Je comprenais de mieux en mieux les soucis que certains d'entre nous peuvent avoir et les raisons exprimées ou enfouies au plus profond de soi qui vous poussent un jour à franchir la porte d'une parapsychologue. Je craignais ma propre dérive en la matière. Je revins à plus forte raison à mon interview. J'osai une autre question légèrement indiscrète. Mais n'était-ce pas aussi mon rôle d'obtenir les confidences les plus pertinentes ?

— Et votre père, j'espère ne pas abuser, qu'en pense-t-il ?

— Mon père est mort quand j'avais six ans. Je l'ai à peine connu. Ma mère avait trente-huit ans. Elle nous a toujours protégés pendant toute la période qui a précédé son décès, alors qu'il était gravement malade. Quelques années plus tôt, alors que Belline et ma mère préparaient une conférence sur la médiumnité, dans les bureaux du mage, rue Fontaine à Paris, une manifestation brutale eut lieu. Ma mère était installée dans le salon, un magnétophone posé sur un guéridon. Alors que Belline enregistrait les messages délivrés par ma mère quasiment en transe, cette dernière s'arrêta tout net et dit :

— Je suis en train de partir, c'est fini !

— Mais de qui parlez-vous, Malina ? demanda Belline.

— De mon mari, de mon mari... répondit ma mère d'une voix dédoublée.

Ma mère et Belline comprirent que mon père venait de mourir.

Cette déclaration me laissa sans voix. Je ne savais quoi répondre et j'étais désorienté, car je venais de me rendre compte que mon interlocuteur était bouleversé. Je venais involontairement de lui rappeler un souvenir pénible qu'il avait vécu à travers le récit de ses proches.

— Vous pensez que je vais attendre encore longtemps ? dit une des clientes présentes.

Cette remarque sans ménagement vint interrompre à bon escient ce moment douloureux et inopiné. Il s'agissait d'une femme assez grande, élégante. Elle portait un magnifique imperméable dans les couleurs bleu marine, avec un carré Hermès parsemé de bonsaï vert et parme. Le galbe de ses jambes était caché par des bottes de cuir marron clair dont le modèle devait venir de chez Céline, maison de couture créée par Céline Vipiana en 1945 et connue notamment pour ses sacs à main. Elle me faisait penser à Marie-Claude, la mère d'Isabelle, une architecte d'intérieur, séparée de son mari avocat. Je ne m'entendais pas très bien avec elle. Je n'étais sans doute pas le gendre qu'elle espérait pour sa fille. Marie-Claude habitait sur la rive gauche de Paris, du côté du magasin Le Bon Marché. C'était un endroit qu'elle affectionnait particulièrement. Elle partageait cette notion de « shopping » initiée par Aristide Boucicaut au XIXe siècle, pionnier du nouveau commerce où l'on aime flâner. Elle semblait fière de faire partie d'une tribu de consommateurs éclairés au goût certain, considérant que le luxe est pour toutes les bourses. Marie-Claude y puisait les dernières créations chics, très chères et au ton juste pour l'intérieur de ses clients, des bourgeois discrets et intellectuels du 6e arrondissement de Paris. Seule sa perception des choses comptait en matière de décoration intérieure. Il valait mieux être en accord avec elle en ce qui concernait les sujets touchant à la décoration. Si l'on s'opposait à Marie-Claude, sa réponse était nette :

— Vous n'y connaissez rien !

Marie-Claude détenait donc toutes les recettes pour créer un décor ultramoderne, une chambre très tendance aux papiers métalliques et aux couleurs harmonieusement nuancées ou une cuisine-laboratoire munie de tous les équipements sophistiqués. Seuls comptaient pour elle les caprices de ses clients à charge et, moyennant finances, mettre en œuvre leurs desiderata. Il faut dire que la mère d'Isabelle sortait de l'Académie Charpentier de Paris, située dans le quartier de Montparnasse, qui forme les futurs décorateurs. Cette école s'était développée au XIXe siècle et, à ses débuts, Delacroix, Manet, Picasso ou encore Cézanne l'avaient fréquentée. Je crois d'ailleurs que, depuis, Marie-Claude faisait partie du jury de sélection des candidatures. Je me souviens du jour où Isabelle me l'avait présentée. Je croyais alors passer le concours d'entrée de l'école tellement les questions fusaient sur mes études, mes parents, mes hobbies. Isabelle avait été obligée à plusieurs reprises de l'interrompre avec un « Maman, s'il te plaît » répétitif et supplicatoire. Isabelle était une militante politique plutôt classée à gauche. Elle s'était engagée très tôt dans des combats pour que l'environnement soit défendu et respecté. Elle se déplaçait à vélo pour ne pas polluer et limitait ses bains afin d'économiser l'eau. Elle échangeait souvent avec Marie-Claude pour qu'elle intègre dans ses réalisations d'architecture intérieure toutes les modes qui permettraient de développer un écodesign. Pour elle, il fallait remonter aux sources et agir très vite, en innovant par des matériaux nouveaux et économiques en termes d'énergie.

Le fils-secrétaire de Malina précisa à la cliente qui commençait à s'impatienter qu'elle ne tarderait plus à la recevoir.

— Je suis désolé, madame Heggers, lui dit-il, mais vous le savez, elle prend son temps pour chacun.

Comme pour excuser ce retard, je demandais incidemment :

— Combien de temps dure la consultation ?

— En principe, il faut compter une heure, mais cela dépend de la situation de la personne et des problèmes auxquels elle est confrontée.

J'entendis un bruit de porte dans le couloir par lequel j'étais entré une heure plus tôt. Je compris que J.M venait de terminer la consultation précédente et que nous allions pouvoir faire connaissance. Son cabinet était conçu de façon que les clients ne puissent pas se croiser ; chaque consultant pouvait ainsi venir discrètement et accéder directement au bureau de Malina, sans passer par le secrétariat ou la salle d'attente. La porte s'ouvrit vivement. Malina m'invita à entrer dans son bureau par un :

— Je vous en prie, monsieur.

Elle me précisa très vite qu'elle était en retard et que nous ne pourrions pas échanger longtemps. Elle m'invitait donc à revenir dès que possible. J'étais un peu décontenancé et m'assis sans rien dire au moment où elle me le demanda. Je perçus que J.M avait une forte personnalité. Je compris tout de suite que c'était quelqu'un qui pouvait affronter les ennuis des autres et annoncer des nouvelles difficiles avec les mots justes, qu'elle était à l'écoute et débordante de générosité mais en même temps directive. Je savais aussi depuis peu qu'elle-même avait été confrontée à des moments douloureux, qu'il avait bien fallu surmonter cahin-caha. Je n'aimais pas prendre cette attitude résignée, cela me mettait mal à l'aise. Isabelle me le reprochait fréquemment.

— Arrête de faire le gros dos, me disait-elle souvent ; remarque que je ne supportais plus.

La dispute devenait inévitable, l'effet était immédiat. Au début cela pouvait être charmant, mais à la longue, mon humeur en prenait un méchant coup, d'autant que mon intention n'était pas de « faire l'important ». Ces scènes se répétaient surtout après avoir échangé de longs et fougueux baisers, moments intimes trop rares pour moi. Je voulais probablement inconsciemment me protéger d'elle.

Inutile donc de me mettre dans un trou de souris, il me fallait rebondir et reprendre une assise professionnelle sur le fauteuil de style Louis XIII dans lequel j'étais installé. Malina était une femme agréable à regarder, qui mettait tout de suite son vis-à-vis en confiance. Brune aux yeux vert foncé, elle avait un visage un peu rond et légèrement maquillé. Des escarpins élégants aux talons hauts rehaussaient sa petite taille. J.M avait le regard et la voix de quelqu'un qui n'est pas tout à fait d'ici, comme si son voyage quasi permanent au-delà des êtres et des choses la rendait passagère d'un navire immobile, mais allant loin… Elle ressemblait à un médium de roman, comme « La Lune de pluie » de Colette, ou « La Dernière séance » d'Agatha Christie. C'est peut-être pour cela que Jean des Cars, journaliste et écrivain, lui avait offert son livre dédicacé au sujet de Colette et de ses périodes de bonheur à Monaco. De style Rodier, l'ensemble sobre de prêt-à-porter de Malina évoquait la douceur et la féminité. Sa posture naturelle établissait immédiatement le lien avec vous.

Son cabinet était fonctionnel et donnait sur les marronniers. Quelques pigeons roucoulaient à sa fenêtre. Un grand plateau en merisier faisait office de bureau et était partie intégrante de bibliothèques abritant un grand nombre de livres, une collection impressionnante de tortues de toutes tailles, des statuettes d'anges… Une légère odeur d'encens se dégageait. Je me croyais à l'église le jour d'une cérémonie religieuse, comme pour honorer des divinités. D'autres tableaux ornaient les murs recouverts de papiers en tissu moiré jaune. Des photos dédicacées de célébrités artistiques et politiques étaient aussi encadrées. Des diplômes étaient apposés : Médaille d'Or de la Société Académique Arts, Sciences et Lettres, Chevalier des Arts et Lettres… L'atmosphère y était reposante, cette pièce invitait à la confidence. Un dessin personnalisé signé Barberousse, représentant une souris en voyante et un chat espérant devenir riche, donnait au surplus une touche d'humour. J'appris que Barberousse, de son vrai nom Philippe Josse, était l'un de ses fidèles clients. C'est en entrant dans la Résistance, parce qu'il portait une barbe rousse pendant la guerre, que ses camarades le surnommèrent Barberousse. Il fut un grand dessinateur humoriste dont les personnages fétiches étaient des chats et des souris.

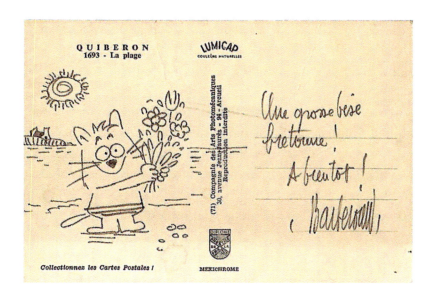

Une carte postale de Bretagne de Barberousse adressée à Malina

La rencontre avec Isabelle

— Je vous remercie de me recevoir. Comme vous le savez, je suis en train de préparer une chronique sur la voyance et j'ai voulu m'adresser à vous pour y voir clair.

— Que souhaitez-vous savoir ? me demanda Malina d'une voix douce mais ferme.

— Que pouvez-vous me dire de votre don précieux ?

— C'est la révélation d'un don que l'on possède en soi. Cela appartient à ma nature. Tous ne l'ont pas. Il ne faut d'ailleurs pas le confondre avec l'intuition, qui peut être développée ; tout individu peut être intuitif, mais peu ont ce don particulier et personnel qui vous porte à accomplir une prédiction. Je suis née avec. C'est un sens plus intime que les autres, un peu comme une écriture révélée de l'intérieur. C'est aussi une sorte de « sixième sens ». C'est ainsi.

— Pensez-vous qu'en développant son intuition, il soit possible malgré tout d'atteindre un certain niveau de clairvoyance ?

Je tenais beaucoup à cette question sur l'intuition, car elle me permettait d'aborder cette compétence que j'aurais aimé ressentir chez Isabelle. Sans doute trouvais-je qu'il lui manquait un peu de créativité et de sérénité dans sa vie de tous les jours. Elle raisonnait sur tout : notre amour, nos escapades, mon métier, le mariage, le bébé qu'elle voulait, l'attachement à ma grand-mère, sa mère, son chat, l'environnement, les programmes télévisuels... Il était impossible de partir avec elle n'importe où, là, maintenant, sans réfléchir. Tout devait être préparé, analysé, programmé. Je me rappelle le jour où, rentrant légèrement démoralisé après un entretien difficile avec un organisme de presse, et alors que ma seule respiration était très vite de la retrouver, de lui proposer de nous évader tous les deux et de prendre le large, Isabelle me répondit sèchement :

— Tu plaisantes ?

— Comment cela ? lui dis-je. Allez, partons où tu veux, pensons à nous, oublions tout le reste. Pas besoin de gros bagages, juste toi et moi, maintenant.

— Il ne suffit pas de partir comme cela, à l'instinct, pour être heureux. Un voyage se prépare, un déplacement doit être organisé. Et puis je ne sais pas quoi prendre, et pour aller où ? Parlons-en si tu veux une autre fois, me proposa-t-elle. Je dois aller déjeuner avec Marie-Claude demain midi, on essaiera de prendre quelques jours à Noël, ajouta-t-elle.

Je fus éconduit par Isabelle, comme frappé par la pointe et le tranchant d'une épée.

— Si vous l'entendez par un phénomène mystique, il est envisageable de modeler l'intuition en un sentiment de déduction prévisible... je ne sais pas si vous me suivez, monsieur Dominiak, vous me semblez être ailleurs !

Je me nomme en effet Dominiak, un nom de famille qui est probablement une forme de Dominique. Un patronyme que j'acceptais volontiers, puisqu'issu du latin *dominicus*, c'est-à-dire « l'homme du seigneur ». Une faculté, pensais-je, à construire un itinéraire de vie fait de courage, d'honneur et de traditions empruntées aux expériences de mes ancêtres, probablement d'origine polonaise. Agnostique mais observateur, je restais attentif aux révélations éventuelles sur mon passé. Ma grand-mère, que j'adorais, m'en avait parlé à différentes reprises lors de mes visites auprès d'elle. D'après elle, ce caractère sacré de mon nom devait me protéger, une étoile veillait donc sur ma personne.

— Oui, pardonnez-moi, Malina, je réfléchissais au sens de « déduction prévisible ».

Je n'allais pas lui avouer que je m'étais écarté un court instant de notre conversation. Ma lucidité revenue, je demandais à J.M si la question du temps dans une prédiction ne lui posait pas de difficulté vis-à-vis de sa clientèle, grande préoccupation des voyants.

— Cette notion n'existe que pour la création humaine. Impérativement, l'évènement existera, mais la clairvoyance qui l'exprime ne fait pas le temps. Souvent, le consultant souhaite savoir ce qui est audible et la datation la plus précise possible des évènements à venir, m'indiqua-t-elle. Le temps de la voyance n'est assurément pas celui du consultant.

Et de poursuivre : « Ma voyance est directe, je fonctionne par flashs ; les scènes, les personnages parmi lesquels se trouve mon client sont animés comme dans un film projeté sur un écran de cinéma ou de télévision. En couleur ou en noir et blanc, les situations et les résultats de mes clichés peuvent varier en fonction des luminosités, des sons dominants. Selon les ambiances de ces projections, je peux indiquer une période où se réalisera mon pronostic. Il s'agit d'une information essentielle, mais pas d'une certitude absolue », précisa-t-elle.

Je poursuivis notre causerie en lui demandant si elle utilisait ou non des supports. Elle m'expliqua que ses expériences avec le docteur Prosper Azoulay dans les années 1970, dont certaines se faisaient sous hypnose, l'avaient amené à pratiquer sa clairvoyance en s'appuyant sur l'arithmologie biblique. Malina me précisa :

— Je fais un calcul qui s'établit à partir des chiffres de la date de naissance du consultant, des lettres du prénom et du nom de la personne concernée. Je m'appuie sur la tradition du chemin de la Kabbale, de l'hébreu « réception », présentée comme la loi orale et secrète de Dieu et qui est pour moi un Dieu universel. Ce mode opératoire me permet de dessiner les contours d'une prédiction en fonction du parcours de l'individu qui me consulte, de sa trajectoire de vie antérieure et de sa destinée potentielle.

J'avoue que l'explication donnée par J.M de cette technique me parut un peu obscure, mais passionnante. Je devais donc approfondir ce point de méthode pour mieux appréhender cette pratique, car j'avais un peu de mal à faire la différence avec la numérologie. Je compris néanmoins que les sources mystiques et kabbalistiques sur lesquelles s'appuyait ma voyante étaient fondamentales, comme des séquences de sagesse universelle pour faire progresser l'homme dans sa vie. Pourtant, comme elle le disait elle-même, chacun restait maître de son destin.

Subitement, elle me demanda quel était mon prénom.

— Ludovic, lui dis-je.

— Ludovic Dominiak, répéta-t-elle, Ludovic Dominiak…

Je la vis faire une espèce de calcul sur une feuille blanche de format classique où son en-tête était imprimé, puis Malina voulut connaître ma date de naissance. Je la lui communiquai après quelques hésitations. Elle poursuivit son opération et me dit instantanément :

— Vous êtes entouré d'une personne jeune, très dynamique. Je la vois souvent en pantalon, avec des cheveux clairs… Irène,

Ilène, Inès… Isabelle ? Je vous sens très épris d'elle, mais je vois aussi comme une séparation douloureuse… Elle est souffrante ?

Ces révélations fortuites me firent ressentir une inquiétude mêlée d'une curiosité difficilement maîtrisable.

— Malina, vous me troublez, je dois vous avouer que vous êtes en train de me parler de ma petite amie avec laquelle je viens de me séparer.

J'étais assis à côté d'elle dans cette salle de conférence de l'université Panthéon-Sorbonne, créée au XVIIe siècle et située près de la Place du Panthéon à Paris. Dans ce lieu mythique, je me retrouvais dans l'une des plus anciennes universités du monde, spécialisée dans les domaines des sciences économiques du droit et des sciences politiques. J'assistais à la conférence mensuelle ouverte aux auditeurs libres. Il restait une petite place au cinquième rang de l'amphithéâtre du décor embelli par des peintres symbolistes. Le brouhaha ambiant et le manque d'espace entre ces étudiants, en quête du sésame pour trouver un emploi, m'empêchaient de laisser mon esprit vagabonder vers une imagerie romanesque, en osmose avec l'histoire du lieu. Je m'excusai auprès d'un homme ayant dépassé la trentaine, avec une légère barbe et un blouson de motard assez imposant, afin de m'asseoir à côté de celle pour laquelle je venais d'avoir un étrange éblouissement. Une attirance soudaine m'entraîna vers cette étudiante qui me semblait unique. Ce désir irraisonné me donna quelques idées derrière la tête. Je ne sais pas pourquoi, mais j'avais envie de l'aimer et de tout faire pour la séduire. Un effluve des senteurs de fleurs d'iris et de cuir la rendait exclusive à mes yeux. J'étais aux anges, car j'avais eu l'occasion de savoir que le mot iris, *iridos* dans la mythologie grecque, désignait la messagère des dieux. Déesse de l'arc-en-ciel. Allais-je être un seigneur pour elle ? Son seigneur ? Le nom que je portais était un signe et la rencontre transcendantale inévitable.

Avec un léger et attendrissant sourire, elle me dit :

— Cette place est pour vous !

— Elle est pour moi à vos côtés, lui répondis-je.

— Je suis sûre que nous allons nous entendre, répliqua-t-elle.

Je vis là une invitation à poursuivre et à intensifier ce premier échange pour en faire quelque chose de plus intime. Je lui demandais si elle était étudiante en sciences politiques, si elle venait souvent aux conférences de Panthéon-Sorbonne, quel était son prénom, et enfin si nous ne pourrions pas écourter ce discours sur le mode atypique de la Vème République proposé par certains constitutionnalistes pour aller prendre un pot au café le plus proche du parc du Luxembourg. Ce qu'elle ne refusa pas, bien au contraire. Nous nous dirigeâmes avec flegme vers ce parc romanesque attenant au Sénat, situé en plein cœur de la rive gauche de Paris. Les allées, bordées d'arbres, de rosiers et de quelques chaises posées ici et là comme des fleurs semées au gré du vent, me donnaient le sentiment que ce décor onirique était le début d'un chemin à parcourir ensemble. Pendant notre balade, chaque mot que nous prononcions était pesé, car nous voulions nous surprendre. Dans l'ombre de Marie de Médicis qui créa au XVIIIe siècle cet environnement de détente, notre conversation ne devait pas être banale. Bien au contraire, je compris plus tard que rien n'était anodin dans nos échanges.

Des sujets de discorde entre Isabelle et moi se répétaient, en particulier quand elle me faisait comprendre très clairement qu'elle voulait un enfant. Je ne me sentais pas vraiment un « père » dans l'âme. Je m'opposais à son désir en prétextant que l'intimité de notre couple allait en souffrir, que, de toute manière, elle était trop indépendante… En somme, que c'était trop tôt, car nous allions sacrifier notre vie privée. Je justifiais mes arguments en arguant du fait qu'en ne mettant pas un enfant au monde, nous rendrions un service à la cause environnementale. Ne s'était-elle pas engagée pour lutter contre la surpopulation de la planète ? En fait, j'étais convaincu, à tort sans doute, que son seul plaisir serait de se retrouver enceinte rien que pour limiter encore plus sa disponibilité à mon égard. Quoiqu'il en soit Isabelle allait attendre un heureux évènement.

Je dis à Malina que je m'étais refusé à répondre à ce prétendu instinct maternel. Embarrassé, j'ajoutai :

— Peut-on revenir à vous ?

— Bien sûr, me dit-elle, en ajoutant toutefois qu'Isabelle et moi devrions nous retrouver d'ici huit à douze mois, que j'aurais des nouvelles d'elle et qu'une traversée en mer était en perspective…

Je coupai court en l'interrogeant sur ses consultants :

— Quelle clientèle avez-vous ? Pouvez-vous « voir » pour tout le monde ?

Elle me rétorqua d'emblée :

— Je peux aussi ne pas avoir de clichés visuels ou sensoriels et, dans ce cas, je le dis à la personne qui me consulte. D'autres clients veulent entendre ce qu'ils se sont forgé comme conviction. Dans ce cas, il m'arrive parfois de ne pas aller dans leur sens ; je leur transmets alors ce que je vois et non pas forcément ce qu'ils veulent entendre. Sinon, je considère que tout individu peut avoir un jour besoin d'être éclairé, quelle que soit son origine sociale, pour des questions qui touchent à l'environnement professionnel, amoureux, personnel ou à d'autres points encore. D'une façon générale, je ne fais pas de distinction entre la problématique d'un artiste très connu : vais-je rapidement tourner un film et avoir le premier rôle ? d'avec celle d'un leader politique : vais-je être prochainement l'élu de ma circonscription ? ou bien celle d'une femme salariée dont l'enfant vient de faire une fugue, qu'il me faudra rassurer et aider dans le temps. En même temps, j'avoue être plus sensible aux situations de détresse profonde, qui font appel à mon humanisme que je considère comme exacerbé. Vous savez, chaque personne doit être considérée pour ce qu'elle représente, comme une personnalité unique préoccupée à l'instant T. Cette inquiétude ou cette souffrance est pour moi le réceptacle dans lequel je vais puiser d'autres ressources, que je traduirai en prédictions. C'est souvent l'interprétation et la révélation qui sont délicates ; il faut savoir se mettre en harmonie avec le consultant pour dire ce qui peut arriver de bon ou, malheureusement, de désagréable. C'est un moyen de prévenir, de dépasser les éventuels obstacles. Aider à dériver avec stratégie vers un meilleur possible que tout individu peut atteindre. Le bonheur peut se gagner en forçant le destin. Comme nous l'évoquions souvent avec mon ami Marcel Belline, la voyance est un phénomène de résonance de la psyché de l'individu, tel un miroir dans lequel nous arrivons extraordinairement à plonger pour identifier les éléments du passé, de l'immédiat et du futur.

Il paraissait que ma voyante avait soutenu le mage Belline après que celui-ci eut perdu son fils. Cette relation particulière entre devins m'intriguant quelque peu, je poursuivis donc :

— Il semble que vous ayez eu une expérience médiumnique avec Belline après le décès de son fils, vous pouvez m'en parler ?

— L'accident de son fils unique, Michel, a brisé sa vie. Belline a tenté de comprendre pourquoi il était ainsi touché. À plusieurs reprises, il m'a dit qu'il était sans doute possible de communiquer par-delà la mort avec son cher disparu. Il voulut que nous tentions ensemble d'entrer en contact avec lui. Je l'ai ainsi retrouvé à son cabinet avec un magnétophone ; nous essayions l'un après l'autre de joindre Michel. L'affect de

Belline et notre amitié étaient tellement forts que ce contact ne put s'établir. Belline a continué tout seul et je l'avais souvent au téléphone, désespéré, jusqu'au jour où il me dit qu'il avait entendu la voix de son fils et qu'il avait noté ce qu'il disait sur la vie après la mort. Nous évoquions souvent ces questions, qui sont restées pour lui mystérieuses. Je vous conseille d'ailleurs de lire un de ses livres, *La troisième oreille*, inspiré de cette histoire tragique.

— Mais comment un mort peut-il se manifester ? poursuivis-je.

Sur un ton légèrement confidentiel, J.M m'indiqua :

— C'est l'âme qui communique. Elle va se matérialiser à travers un corps ou une chose, pourquoi pas un magnétophone. C'est pour cela que j'utilise souvent ce matériel. L'âme d'un individu décédé peut aussi se manifester dans un animal. Le docteur Prosper Azoulay, avec lequel j'ai étudié ces questions, avait mis au point à partir de la Kabbale des supports de transmigration ; on parle ici de métempsychose. Il s'agit d'indicateurs de mesure qui permettent de savoir à quel moment le passage se fait en partant de la date du décès et des lettres de l'alphabet kabbalistique. Avec cette démarche, nous pouvions ainsi trouver le bon moment pour communiquer.

— La métempsychose... Que voulez-vous dire ?

— C'est le passage d'une âme d'un corps mort à un autre vivant qu'elle va animer. Il peut s'agir d'animaux ou de végétaux. C'est une forme de renaissance de l'individu à travers l'âme. Cela donne une vision optimiste de la vie après la mort. Vous le savez, Pythagore enseignait la métempsychose. Je donne toujours l'exemple d'une incarnation de passage que Pythagore prétendit avoir connu... Un chien était maltraité. Un jour, passant devant lui, Pythagore fut pris de compassion et dit à l'individu brutal envers l'animal : « Arrête et ne frappe plus, car c'est l'âme d'un homme qui était mon ami et je l'ai reconnu en entendant le son de sa voix ». On peut ainsi parler d'immortalité de l'âme. Les manifestations sont d'autant plus émouvantes et troublantes quand l'âme est bonne et reposée.

— Pourquoi peut-il y avoir des âmes mauvaises qui se manifestent ?

— Il n'y a pas d'âmes mauvaises en tant que telles, mais elles ont toutes un passé plus ou moins bon. Le criminel va rester un esprit troublé. C'est ce que l'on appelle le karma d'un individu, que l'âme peut porter. Quand des parcours de vie ont été perturbés, il est possible que le passage ne se fasse pas bien. La personne décédée peut alors se manifester ; par exemple, il se peut qu'elle ne veuille pas quitter la maison dans laquelle elle a vécu. C'est ce que l'on désigne communément les maisons hantées. Il peut aussi y avoir envoûtement quand l'âme vient posséder de manière néfaste le corps d'une autre personne ; on peut alors pratiquer un exorcisme pour expulser cette entité spirituelle négative. Bien évidemment, il ne faut pas faire abstraction de cas plus rationnels, d'ordre médical et qui relèvent de la psychiatrie, d'où l'intérêt d'établir sérieusement un diagnostic.

Je me souviens d'une consultante qui, dès qu'elle arrivait dans sa maison de campagne, entendait un énorme bruit émanant de son grenier. Il s'agissait de pas lourds appuyés de coups de canne. Impossible pour elle d'accéder au grenier, car la porte se refermait volontairement dès qu'elle voulait l'ouvrir. Elle ressentait la présence de quelqu'un qui tenait fermement la porte, comme pour l'empêcher d'entrer dans la pièce de cette maison située sous les combles. L'atmosphère y était particulièrement oppressante, l'air irrespirable et nauséabond. Elle m'a demandé de l'aider et d'examiner les lieux et le phénomène. Après quelques visites et une communication médiumnique avec cet esprit, les manifestations se sont interrompues. En fait, j'ai expliqué à ma cliente qu'il s'agissait de la grand-mère des précédents propriétaires, qui ne supportait pas que ses affaires aient été bousculées au moment du déménagement. Ma consultante m'a alors avoué que des vêtements de la défunte étaient restés au grenier et que d'autres avaient été jetés, ce qui n'était pas du goût de la grand-mère. Depuis, cette âme a retrouvé ses esprits, si je puis dire, et tout est rentré dans l'ordre. Quant à moi, j'étais épuisée, mon énergie en avait pris un grand coup.

Alors que j'allais lui poser une autre question, Malina me coupa la parole et me fit comprendre qu'il était temps de se quitter et de fixer un autre rendez-vous, car elle était très en retard. D'ailleurs, sa cliente qui ressemblait à ma possible belle-mère commençait à faire du ramdam au secrétariat. J'étais très impressionné par les premiers témoignages de ma voyante, elle me paraissait effectivement pertinente dans son domaine de prédilection. Avant de nous quitter, je lui demandai s'il m'était possible d'échanger de nouveau avec son fils tout en consultant son livre d'or. Quoiqu'il en soit, nous nous reverrions quinze jours plus tard.

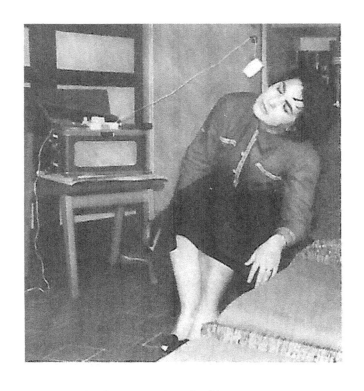

*Malina en période d'incorporation
Réception d'un message dans une langue inconnue : la xénoglossie.*

Grossesse oblige, Isabelle m'avait fait toucher son ventre. Sa peau était douce et lisse, naturellement légèrement halée. J'éprouvais beaucoup de plaisir à la caresser tendrement car j'étais plutôt tactile, et elle semblait apprécier. Mais cette fois, c'était pour estimer son éventuelle rondeur, signe précurseur d'une possible grossesse. Je ne pouvais pas y croire et pourtant, il fallait vivre cette nouvelle aventure. Il paraît que la forme du ventre permet de définir le sexe de l'enfant à naître, d'où son intérêt à savoir s'il était de préférence pointu, signe d'un garçon, ou, à défaut arrondi et large, l'annonce d'une fille. Le sien était compact et légèrement rond et ne ressemblait en rien aux formes établies pour estimer le sexe de cet enfant à naître. Moi, j'adorais ses nouveaux seins, alors qu'elle les trouvait gonflés et ultrasensibles, pour ne pas dire douloureux. Nos relations intimes devenaient de plus en plus périlleuses, car je devais prendre conscience de sa vulnérabilité qui devait durer encore quelques mois avant son accouchement. Je ne savais pas comment m'y prendre, d'autant que nos bagarres de jeune couple étaient principalement déclenchées dès que nous abordions ce manque d'intimité entre nous. Il fallait dorénavant accepter ces perturbateurs hormonaux, qui n'étaient pas mes alliés pour aborder sensuellement ma dulcinée. Comme Isabelle était heureuse et épanouie d'être enceinte… À la découverte des résultats du test de grossesse, elle avait explosé de joie. Dès le matin, à peine levée du lit, alors que je somnolais encore, elle me fit découvrir ces résultats qui me laissèrent indifférent. Juste le temps de me réveiller vraiment pour comprendre que notre vie venait de prendre une autre tournure.

— Vous voulez consulter son livre d'or ? Il est situé sur la table basse du salon, m'indiqua le fils de J.M.

Je le pris et le compulsai avec empressement. Il s'agissait d'un livre en cuir doré façon parchemin. De nombreux témoignages de gratitude y étaient laissés par les visiteurs. Fidèlement, certains avaient écrit plusieurs messages ; un billet rédigé avant ou après chaque consultation. Le premier message était signé Amarande, comédienne et chanteuse, qui avait fait plusieurs passages télévisuels au moment du mythique *Au théâtre ce soir*. Il s'agissait d'une émission de grande écoute réalisée par Pierre Sabbagh, diffusée sur les chaînes publiques françaises pendant plus de vingt-cinq ans. La particularité de l'émission était la retransmission en direct de la pièce d'un grand théâtre parisien en présence du public. Depuis, France Télévision a repris ce concept à l'occasion d'évènements. De son vrai nom Marie-Louise Chamarande, Amarande avait notamment interprété *L'École des cocottes*. Les conseils de J.M lui étaient apparemment précieux pour mieux vivre le couple qu'elle venait de former avec Guillaume Hanoteau, dramaturge et écrivain français. Elles se connaissaient toutes deux de longue date.

Je trouvai d'autres dédicaces, comme celle d'un des Frères Jacques, quatuor bien connu, principaux interprètes de Prévert, dont les textes étaient mis en scène en combinant chansons et mimes. Le témoignage reprenait le refrain de la chanson *La queue du chat* : « Le médium était concentré, l'assistance était convulsée, la table soudain a remué, et l'esprit frappeur a frappé ; ce n'est que le petit bout de la queue du chat qui vous électrise… » Et de finir par : « Bien chaleureusement, à vous ».

Je remarquai aussi un hommage d'une consultante qui me ramenait à la situation que j'allais peut-être connaître avec Isabelle. Puisqu'elle était enceinte, n'allait-elle pas accoucher de jumeaux ? Le témoignage de cette cliente prénommée Sylvie révélait le besoin physiologique, presque vital, d'enfanter pour toute jeune femme pleine de vie : « À vous, madame, j'ai cru en vous et j'ai eu raison ! Vous m'aviez annoncé des jumeaux, mais je n'y croyais pas, je vous ai fait confiance et cela m'a donné du courage... Aujourd'hui j'ai deux beaux garçons et je suis comblée. Je vous remercie infiniment, bien sincèrement. » Je ne supporterai pas un tel aboutissement. Mais d'ailleurs, comment Isabelle pouvait-elle être enceinte puisque je prenais toujours les précautions nécessaires pour éviter une grossesse ? Une telle circonspection de ma part agaçait profondément Isabelle, qui aspirait à porter un enfant. Mais alors, à quel moment n'avais-je pas été prudent, puisque son test était positif ? Cette situation déroutante m'amenait à penser que je ne pouvais être en aucun cas le père de ce bébé. En poursuivant la lecture du livre d'or, je vis bien que la plupart des clients avaient besoin de rencontrer leur voyante, mais aussi de se ressourcer et de se rassurer en entendant le timbre de sa voix, dont le lyrisme les éclairait le temps de la prochaine consultation. « Je crois, Malina, que vous m'avez aidée à traverser cette journée dès l'aube que j'ai trouvé si sombre. Ce ne fut pas immédiat mais, au cours de la journée votre voix parvint en moi comme une mélodie apaisante. Je vous embrasse. Odile. » Ce livre était aussi une délivrance pour une grande partie de sa clientèle, où chacun pouvait laisser filer un petit bout du film de sa vie, tel un mot dont la feuille fantôme aurait été découpée. « Moments d'authenticité profonde où vous, Malina, communiquez l'invisible et parfois l'indicible avec tant de tact et de lucidité. Merci très fort. Bien à vous.

Françoise. » Et aussi : « En témoignage de l'Étoile qui guide au cours des heures douloureuses et qui permet de continuer le chemin. Avec toute ma tendresse. Irène ». Ou bien encore : « Les mots ne peuvent pas dire ce que le cœur ressent, c'est de l'émotion, de la tendresse, toutes ces choses qui font de vous, Malina, un être remarquable. Merci ma grande dame. Paul. » Ces différentes rédactions formaient un halo dans cette atmosphère déjà emplie de spiritualité. Cette vibration, ma voyante pouvait la percevoir au contact d'un individu.

— Ma mère évoque souvent les travaux du professeur Kirlian, attachés au domaine de la parapsychologie et des médecines énergétiques, me dit son intime secrétaire. Le couple Kirlian avait mis au point un appareil pour photographier l'aura. Ayant coupé un morceau de feuille, le professeur Kirlian aurait obtenu une photographie ressemblant à une feuille entière.

Après quelques recherches j'appris qu'il fallait parler « d'effet Kirlian ». Comme pour le livre d'or de J.M, la feuille fantôme avait frappé tel un instantané.

Isabelle était en proie à une autre forme de délivrance : son accouchement. Alors que nous étions dans mon appartement, juste avant le dîner rue de La Bruyère, elle m'invita expressément à venir le jour de l'aboutissement de sa grossesse. Cette annonce rompit tout le plaisir que j'avais eu à faire les courses, à être allé chercher chez le traiteur de la place de la Madeleine le plat que j'étais sûr qu'elle apprécierait, et surtout à faire la cuisine et à préparer la table. Tâches ménagères que j'accomplissais rarement, mais ce soir-là j'étais de bonne humeur et j'avais eu plaisir à la contenter pleinement. Alors que sa grossesse débutait, elle voulait commencer par la fin. Son examen prénatal n'était pas encore passé. Sa sollicitation m'irrita.

— Pourquoi m'en parles-tu maintenant ? la questionnai-je, exaspéré. Quand as-tu pris rendez-vous avec le médecin pour faire le point ?

— Écoute, ne t'énerve pas, me dit-elle. Je prépare l'évènement, c'est la moindre des choses. J'ai pris rendez-vous et là, nous serons vraiment fixés.

Sans hésitation, je lui rétorquai :

— Je ne peux pas être le père, tu m'entends. Je ne sais pas comment tu t'es débrouillée pour te mettre enceinte, mais ce n'est pas avec moi. Je ne veux pas de gosse maintenant, je te l'ai déjà dit, et pas de surcroît un enfant d'un autre.

Elle se mit à s'énerver et à jeter les assiettes et les plats qui étaient posés sur la table. Une valse d'objets allait bientôt orchestrer le rythme de notre mésaventure. Puis elle se mit à pleurer tout en prenant ses affaires et se dirigea énergiquement vers la porte palière. Je l'entendis crier du couloir, après avoir claqué la porte et hurlé : « Tu n'es qu'un sale con égoïste ». Je me remis avec quelques difficultés de cet épisode épineux et, pendant quelques jours, nous ne nous adressâmes pas la parole ; pas un échange, pas une visite, aucun appel téléphonique… J'étais convaincu qu'elle m'avait trahi en me trompant avec un autre homme pour devenir mère. La perspective de cet adultère me pesait de plus en plus. Néanmoins, je ne voulais pas que l'attrape-nigaud que je pensais être se laisse submerger par cet état de choses. Mon bon sens devait reprendre le dessus, j'avais un reportage à faire.

Isabelle et ma voyante

Comme convenu, je me retrouvai de nouveau chez J.M. Elle m'avait fait entrer dans son cabinet et, cette fois, c'est elle qui m'avait directement accueilli. Apparemment son fils n'était pas là. Nous reprîmes notre interview.
— La voyance a-t-elle son langage ?
— Je peux capter une personne dans son for intérieur avec une aura colorée, et me jeter pêle-mêle dans celle-ci pour extirper des idées, des images… Ou au contraire, avec certains êtres, des photographies spontanées s'imposent à moi avec une telle clarté que je peux les décrire.
— Malina, utilisez-vous des supports à part cette arithmologie biblique ? poursuivis-je.
— Vous pouvez le constater, je n'en utilise aucun. La clairvoyance n'a besoin de rien, en aucun cas ! Mon seul support est un abreuvage de silences pendant la consultation, de façon à faire passer le courant nécessaire avec le client. Le vrai support, c'est le consultant, le halo qu'il dégage et tout ce qui est mémorisé dans son inconscient. Ses vibrations me sont suffisantes, telles des fréquences mesurables. Vous savez, le cerveau est attaché au lieu ; quand le consultant a vécu un moment de sa vie à un endroit, celui-ci m'est alors révélé comme un élément du passé que je vais pouvoir communiquer. Il s'agit

d'une forme de télépsychie entre le consultant et moi, nous échangeons des informations sans aucune interaction physique. À l'Institut métapsychique international de Paris où j'ai participé à quelques expériences, il est souvent évoqué le travail de Rupert Sheldrake.

Je ne connaissais pas ce Rupert Sheldrake et, avant de poursuivre, je préférai savoir de qui nous parlions.

— Qui est-ce ? demandai-je à J.M.

— Il s'agit d'un docteur en biologie d'origine anglaise qui s'est beaucoup penché sur les phénomènes de télépathie et sur les activités extrasensorielles. Il a notamment mis en avant un travail sur des perceptions issues de la vie quotidienne, comme l'impression de se sentir observé. L'objectif de la démarche était de préciser si ce phénomène est réel ou illusoire.

— Dites-moi, Malina, à quel moment vous êtes-vous aperçue qu'il vous est possible de communiquer de cette manière ?

— Très tôt, je devais avoir dans les 12-13 ans. Au départ, c'était une forme de jeu que nous avions trouvé avec ma grand-mère paternelle et ma mère. Pour sortir de l'ennui dominical, j'avais pris l'habitude de deviner ce à quoi pensaient ma grand-mère et ma mère. Nous n'étions pas bien riches et mon père était mort jeune d'une tuberculose foudroyante. Je me rappelle que nous étions installées dans la cuisine de la maison familiale à Argenteuil, toutes les trois assises autour de la table. C'était une pièce fort simple aux murs fissurés, une plante grasse nous donnait un semblant d'évasion et il y faisait particulièrement froid. Ma mère Angèle commençait par dire : « Allez, Jacquotte [c'était mon surnom], je pense fort à quelque chose, qu'en dis-tu ? » Après un temps de concentration qui ne durait pas plus d'une dizaine de minutes, je lui répondais en indiquant ce qu'elle avait imaginé. Mes résultats étaient en général d'une grande probabilité. Je me souviens aussi de cette autre expérience, à la veille de mon certificat d'études, où mes camarades et moi étions assises autour d'un arbre. Assez surexcitées, mes copines passaient en revue les sujets possibles. J'avais les yeux dans le vague. Tout à coup, j'ai prédit à chacune les résultats : « Toi tu ne seras pas reçue, toi tu auras une bonne note... ». Pronostics qui se sont tous confirmés. Je n'ai eu aucun cliché, seulement une conviction absolue et soudaine. Pendant ma jeunesse, mon don n'a fait qu'évoluer, de telle sorte que je l'utilisais à longueur de journée. Il m'a été particulièrement précieux lorsque, pendant la Résistance, il m'a fallu cacher des fugitifs, car je pressentais qu'ils couraient un danger pour leur vie. Depuis, cet apprentissage fit partie de mon quotidien.

— Ce don ne vous épuise-t-il pas ?

— Si, bien sûr, mais je le vis aussi comme un cadeau venu d'un dieu universel, comme un sacerdoce. L'aide que je peux ainsi apporter au travers de mes prédictions me permet sans doute de supporter ou de combattre des aléas de santé parfois difficiles. Il m'est arrivé d'être dans une grande souffrance alors que je me trouvais face à une dame dans un compartiment de train, au cours d'un déplacement en province. J'eus la vision immédiate que cette personne que je ne connaissais pas était atteinte d'un cancer qui allait l'emporter dans un délai très proche. Physiquement, rien de significatif ; au contraire, elle avait l'air en parfaite santé. Alors que faire ? Fallait-il lui dire ? Ou m'abstenir, considérant qu'elle n'en était pas informée et que c'était sans doute mieux ainsi ? Je ne dis rien, mais je fus franchement malade pendant 48 heures, avec des nausées. C'est aussi cela d'être clairvoyante.

Intrigué, je poursuivis :

— Vous mettez-vous dans des conditions particulières pour pratiquer cette forme de télépathie ?

— J'ai évoqué avec vous les silences nécessaires, c'est-à-dire qu'un temps de concentration est une condition indispensable au bon déroulement de la consultation. Il faut déjà commencer par faire le vide pour se mettre dans une disposition de réception, accueillir les préoccupations et le parcours du client. Là encore, il s'agit de capter un certain nombre d'images découpées en tranches de vie passées, immédiates et d'avenir. D'où l'intérêt que le consultant soit en position d'émettre. Tout blocage a priori peut nuire à cette communication particulière. Dans ces moments d'échanges, les mots, les couleurs, les objets, mais aussi les personnages viennent à moi. Mon client m'oriente aussi au fur et à mesure en fonction de mes visions, ce qui me permet de préciser l'évènement et, surtout, de mieux communiquer avec lui. J'avais abordé et expliqué un peu cette pratique au cours d'une émission sur France 3, où avaient été invités le comédien Christian Clavier et le docteur Henri Rubinstein. L'animatrice d'alors, Caroline Tresca, s'étonnait que le grand styliste Christian Lacroix puisse avouer à la télévision à une heure de grande écoute qu'il m'avait consultée. Nous nous étions en effet rencontrés à trois ou quatre reprises, sur un laps de temps d'une dizaine d'années. Il s'était agi d'apporter mon soutien et ma clairvoyance sur ses grands objectifs de vie, des tournants importants pour lesquels quelques prévisions s'avéraient nécessaires ; en somme, un moyen de trouver la confiance adéquate pour engager tel ou tel projet. Christian Lacroix est un homme pourtant discret, il est un grand humaniste, généreux et bien sûr talentueux. J'ai beaucoup d'estime pour lui et c'est toujours avec plaisir que je le rencontre et l'accompagne quand il le décide. J'ai d'ailleurs toujours son témoignage à l'esprit, qui me touche beaucoup : « Je consulte Malina comme la prophétesse Pythie au pied du mont Parnasse, sur le site Delphes, où parlait l'oracle d'Apollon ». C'est aussi le cas avec Kenzo, autre passionné de la mode.

Ce témoignage sur le dieu grec des purifications et de la guérison me ramena à Isabelle. Avant que sa grossesse prenne forme, nous avions décidé ensemble de passer un week-end à Athènes, le temps d'une escapade. Nous devions l'apprécier comme un moment où nous ne parlerions pas de bébé. Après un vol d'environ trois heures, légèrement perturbé par des trous d'air, nous débarquâmes à l'aéroport très moderne d'Athènes, à plus d'une trentaine de kilomètres de l'Acropole. Se rendre à la ville de Socrate, Périclès et Aristote était un bon moyen de trouver la sagesse que représente Athènes, vibrante et charmante. Nous avions trouvé un petit établissement hôtelier du côté de la Parka, le plus ancien et pittoresque quartier d'Athènes. Il n'était pas d'un grand luxe, mais tout juste confortable pour un court séjour. La vue de la chambre n'était pas désagréable et permettait déjà de s'évader par des regards furtifs à l'extérieur. Tels des touristes infatigables, nous voulions consacrer ce petit voyage à des visites incontournables, dans les quartiers qui ressemblaient à des villages anciens situés sous l'Acropole. C'était aussi pour moi l'occasion de mieux réfléchir sur ce que je pouvais véritablement attendre de notre relation. Ce break était essentiel pour elle, pour moi, pour nous deux.

Mais cet épisode de miel allait connaître quelques piqûres d'abeilles… Durant une promenade dans le jardin national, espace reposant et ombragé ponctué de magnifiques fontaines, Isabelle évoqua un garçon aux yeux bleus, grand, mince et aux cheveux brun foncé qui illuminaient son visage. Sans retenue particulière, ce qui m'étonna, elle me décrivit un homme d'une quarantaine d'années avec lequel elle avait échangé, semble-t-il, à plusieurs reprises. Cette histoire extravagante aurait commencé lors d'un rendez-vous pour un emploi qu'elle recherchait en management et ressources humaines. Il était lui-même DRH d'une filière d'un grand cabinet de chasseurs de têtes. Elle pensait que c'était une bonne manière de faire connaître ses compétences. Isabelle m'en parlait en frétillant, ce qui me décontenança. Je lui demandai si elle avait ressenti quelque chose pour lui et pourquoi elle ne m'en avait pas parlé avant. Isabelle tentait de me rassurer en me disant qu'il n'y avait rien entre lui et elle ; qu'elle aimait simplement parler avec lui, qu'il était intelligent et rassurant. Vraisemblablement, cette oasis d'Athènes à la végétation abondante que nous traversions l'invitait à s'évader et à se dévoiler. Je voulus savoir s'il était marié, si elle connaissait son prénom. Non, il n'était pas marié, mais il voulait fonder un foyer et avoir des enfants, au moins un ; oui il se prénommait Guy. Agissait-il comme un prédateur, un calculateur ? Je ne pus m'empêcher de la questionner :

— Tu lui as parlé de nous deux ?

— Rien de particulier, je lui ai dit que j'avais un mec, c'est tout !

— C'est tout… Et quoi d'autre ? poursuivis-je.

— Je l'ai fait rire quand je lui ai dit que tu étais parfois égoïste, que tu avais une tendance à te renfermer sur toi-même ; mais que c'est ce qui faisait aussi ton charme. Que tu ne voulais pas d'enfant.

— Mais pourquoi lui as-tu parlé de moi et de notre intimité ?

— Ne t'inquiète pas, tout va bien… Oh, regarde cette belle fontaine !

Isabelle venait de s'écarter du sujet qu'elle avait elle-même initié et rebroussait chemin dans les allées de ce jardin royal. Cet échange auquel je ne m'attendais pas me contraria pour la suite de notre visite. Je n'avais plus qu'un désir : rentrer au plus vite. Nous ne réabordâmes pas cette relation amicale avec Guy au cours de notre retour à Paris. Mais j'imaginai très vite l'aventure excessive qu'elle avait connue avec ce DRH quand elle m'annonça attendre un bébé… Je ne pouvais pas en rester là !

— La télépsychie, c'est quand même une sorte de support, suggérai-je à ma voyante.

— Non, pas vraiment, c'est plutôt la mise en pratique de principes de correspondance, de vibrations ; car tout vibre, tout est mouvement, tout se révèle par une énergie que vous pouvez déceler ou pas. Et cette vibration me sert dans mes clairvoyances.

Et de poursuivre :

— Permettez-moi de vous dire, monsieur Dominiak, qu'à cet instant précis où nous échangeons, votre vibration n'est pas bonne. Vous êtes préoccupé. C'est toujours en rapport avec l'amie de laquelle vous venez de vous séparer ? Voulez-vous qu'on en parle, car je peux sans doute vous aider ?

La sonnerie de son téléphone me permit de réfléchir à sa proposition. Qu'est-ce qui m'empêchait fondamentalement de me confier à J.M ? Je pouvais avoir toute confiance. Je m'appuyai sur les nombreux témoignages que j'avais lus sur son livre d'or. Alors qu'elle venait de raccrocher le combiné du téléphone, j'acquiesçais avec même une lueur d'espoir.

J'avais quitté ma voyante en toute fin de journée et je me retrouvais à mon domicile rue de La Bruyère. Ce soir-là, il faisait bien sombre et mes idées l'étaient tout autant. Je rageais encore du comportement d'Isabelle. Où se trouvait-elle ? Était-elle avec lui ? Ce possible géniteur m'énervait profondément, au point que je sentais la colère monter en moi. Une explication avec ce

Guy me paraissait absolument nécessaire, ne serait-ce que pour lui faire comprendre qu'il ne pouvait y avoir qu'un seul homme dans la vie d'Isabelle, qu'après tout l'enfant pouvait être le mien, qu'après tout je pouvais aussi être un bon père. Peut-être le comprendrait-il ? Si je devais le voir, Isabelle ne devait pas être présente. Il était exclu qu'elle puisse être témoin de cette clarification virile. Je devais donc choisir le bon moment pour rendre visite à son possible amant. Et s'il ne voulait pas me recevoir, devrais-je forcer sa porte, être plus combatif, plus agressif ? Toutes ces questions me harcelaient. Pourquoi ne pas attendre l'entretien avec J.M ? Elle saurait m'indiquer la bonne voie à suivre avec lucidité. Cette situation, ne l'avais-je pas cherchée ? En même temps, j'étais persuadé que mon comportement était plus que légitime.

Une relation de confiance entre Christian Lacroix et Malina

Oui, j'en parlerai probablement à ma voyante. Mais avant tout, je décidai d'aller voir Marie-Claude, la mère d'Isabelle. C'était peut-être un bon moyen d'en savoir un peu plus. Isabelle m'avait-elle oublié, avais-je compté pour elle ? Avait-elle des scrupules, des regrets ? Il était 19 h 30, j'avais encore le temps de me pointer chez Marie-Claude. Elle ne serait pas surprise, j'avais l'habitude de débarquer à l'improviste en fin de soirée pour récupérer quelques affaires que sa tendre fille avait oubliées chez elle. Certes, nous étions séparés avec Isabelle, mais en fait... le savait-elle ? Je n'avais que la Seine à traverser et quelques stations de métro pour me délivrer de ces questions qui me taraudaient. La rame de métro était complètement bondée et sa fréquentation animée ne m'aidait pas à calmer mes pensées. Je sortis à la station Sèvres-Babylone, toute proche des magasins Le Bon Marché et de l'hôtel Lutétia, qui avait été construit en 1910 pour accueillir la clientèle des commerces environnants. La rue du Bac et la rue de Sèvres étaient encore effervescentes car les boutiques étaient ouvertes. On s'y sentait bien. Les Parisiens et les touristes ne savaient pas que l'autre animation au XVIIe siècle, celle de la Cour des Miracles, s'organisait dans cet environnement de non-droit où se retrouvaient mendiants et infirmes... et, à la nuit tombée, disparaissaient par miracle. Je comprenais pourquoi la mère d'Isabelle aimait tant ce quartier vivant, d'autant plus que les miséreux ne le fréquentaient plus depuis la mort de Louis XIV. Marie-Claude ne connaissait pas la précarité, elle avait un bel appartement situé juste à côté de la communauté des Sœurs de l'Enfant Jésus, fondée par Nicolas Barré, éducateur et prêtre. Ses fenêtres donnaient d'ailleurs sur les magnifiques jardins de la communauté, où se côtoyaient de grands platanes et de magnifiques rosiers. Je me retrouvai devant sa porte palière d'un merveilleux gris perle, située au troisième étage de l'immeuble. L'escalier était imposant, avec des paliers très larges et beaucoup plus spacieux que ma propre chambre. Le tapis d'un joli rouge qui ornait les marches, d'une propreté impeccable, retenu par des barres en cuivre doré, devait faire hésiter les visiteurs à poser les pieds. Après quelques coups de sonnette, Marie-Claude ouvrit la porte en la laissant entrebâillée. D'un ton légèrement pointu et strident, elle me dit :

— Vous ici. Que faites-vous là, Ludovic ?

— Je viens vous faire un petit coucou, j'étais dans le quartier. Vous avez un moment à m'accorder ? lui demandai-je aimablement, avec un léger sourire charmeur.

Après quelques hésitations, elle m'invita chez elle.

— Voulez-vous boire quelque chose, Ludovic ? me proposa-t-elle.

— Si vous m'accompagnez, Marie-Claude. Comment va Isabelle ? poursuivis-je.

— Je l'ai trouvée bizarre lorsqu'elle m'a dit que vous étiez parti à l'étranger pour quelques mois. Apparemment ce n'est pas le cas ! Elle semblait aussi navrée du fait que vous ne pourriez pas facilement la joindre. Et quand j'ai voulu savoir où vous étiez allé, elle est restée très floue, prétextant que vous deviez beaucoup bouger d'un bout à l'autre du continent africain. Je ne savais pas que la France était un pays africain !

Ce ton sarcastique que venait de prendre Marie-Claude m'obligea à m'exprimer sans retenue et à lui faire état de ma relation avec sa fille.

— Marie-Claude, il faut que je vous dise...
— Oui ! me fit-elle.
— Eh bien, en fait nous nous sommes disputés et nous ne nous voyons plus depuis quelque temps. Votre fille m'a trompé et elle s'est fait faire un gosse par un autre.

Le visage décomposé de Marie-Claude m'incita à me maîtriser ; je devais faire en sorte que mes réponses ne deviennent pas impudentes.

— Que me racontez-vous là ? me rembarra-t-elle. Isabelle vous aime et elle tient à vous. Elle est toujours en train de prendre votre défense. Et puis, de quoi me parlez-vous, Isabelle serait enceinte ?

— Oui, en effet, de quelques semaines. Or, je ne suis pas le père. Je n'ai jamais voulu d'enfant, enfin du moins pas immédiatement, et Isabelle le sait.

Marie-Claude paraissait tout à coup décontenancée.

— Eh bien Ludovic, que voulez-vous que je vous dise ? Je n'étais pas au courant, elle ne m'en a pas parlé. Je pense que vous exagérez, Isabelle n'a pas d'amant. Voyons, elle ne connaît et ne regarde que vous !

Décidément, Marie-Claude ne voyait pas plus loin que le bout de son nez. Elle était à mille lieues de la clairvoyance de Malina. J'insistai un peu en espérant sa compassion :

— Quand l'avez-vous vue pour la dernière fois ? Était-elle seule ?

Agacée, elle voulut interrompre ce qu'elle prenait visiblement pour un interrogatoire de police.

— Bon, Ludovic, je vous aime bien, mais je vous en prie, ne m'associez pas à vos querelles d'amoureux. Ce n'est qu'un épisode de couple qui, au fond, ne me concerne pas. Ma fille est vivante, c'est le principal, et puis je pense que les choses s'arrangeront autrement, ne le croyez-vous pas ?

C'était en effet un moyen radical de couper court à l'intérêt que Marie-Claude pouvait porter à la situation. Je me retrouvais à peine trois quarts d'heure plus tard au pied des magasins Le Bon Marché, dans un désarroi que je n'arrivais pas à enrayer. Cette fois, les magasins étaient fermés et les rues étaient moins passantes, l'ambiance du quartier avait pris un tout autre visage ; de plus, il commençait à pleuvoir… Tout en me dirigeant de nouveau vers la plus proche station de métro, je décidai de mettre à plus tard mon plan à exécution : Guy ne perdait rien pour attendre !

Nous avions convenu avec Malina de nous revoir. Elle était prête à m'aider, à m'éclairer, à voir pour moi en quelque sorte. J'étais assez satisfait que mes problèmes de couple m'amènent à consulter J.M de manière récurrente. Je prenais plaisir à ces rencontres, car je pouvais ainsi l'aborder à la fois comme journaliste et comme client potentiel. Je venais en fait de découvrir de l'intérieur le besoin de connaître mon avenir. Je comprenais aussi mieux le trouble de certains de ses clients, qui trouvaient auprès d'elle la prescience les remettant sur le chemin de leur destinée. Nous programmâmes donc un autre face-à-face dans son cabinet. Le temps était clément et quelques éclaircies lumineuses donnaient à son bureau une influence bénéfique. D'emblée, elle me testa :

— Alors, monsieur Dominiak, vous souhaitez que nous parlions de vous ou de moi ?

— Un peu des deux, Malina. En parcourant votre livre d'or, j'ai lu un témoignage de Jean Lescure et je l'ai noté sur mes tablettes, comme une déclaration de vérité. J'ai pensé que ce scénariste et poète, ancien secrétaire de Jean Giono, avait trouvé en vous le guide spirituel qu'il attendait. « À J.M, qui n'a pas besoin de ces histoires de la nuit pour se diriger dans les mondes étranges de l'être, et qui saura sûrement voir comme elle seule sait voir... ce que moi-même je n'ai pas vu. » J'avouai que j'avais été impressionné par ce message personnel de Jean Lescure, dont l'œuvre poétique était particulièrement riche. Il n'y avait qu'à choisir entre théâtre, essais ou films pour trouver le bonheur de mots dont lui seul avait le secret, encore qu'il l'eût peut-être partagé avec Malina.

— Nous avions des échanges très intéressants avec Jean. C'est vrai que chaque être est différent ; l'éducation, le vécu, la manière dont vous êtes programmé sont autant d'apprentissages formatifs qui enseignent à devenir différent de l'autre, avec ses qualités, ses défauts, ses préoccupations. Tout est dans la façon de faire lorsqu'on s'engage dans la vie, dans la manière d'éviter les pièges et d'attraper les bonnes perches ; c'est la source d'un avenir plus serein. En se projetant dans l'avenir, on peut repérer les bons mécanismes qui permettront de mieux s'en sortir au bon moment. Parfois, on est aveuglé par un objectif qui n'est peut-être pas le bon, sa vision personnelle peut être faussée. C'est là où je peux intervenir en voyant ce que l'autre n'a pas ou mal vu.

Je sentais que J.M me tendait la main pour me confier un peu plus à elle et enfin sortir de ma propre cécité.

— Pensez-vous qu'Isabelle vit avec un autre homme ? dis-je tout de go.

— Vous êtes blessé dans votre amour-propre. J'ai vu que vous alliez renouer le contact avec votre petite amie, peu importe qu'elle ait ou pas un autre homme dans sa vie. En fait, vous voulez assouvir un désir, celui de vivre avec Isabelle sans contrainte d'enfant, pour que votre relation affective soit centrée sur vous. Quoiqu'il en soit, vous allez vous revoir. Cette aventure amoureuse est loin d'être terminée. Acceptez qu'elle puisse avoir envie d'être mère et de porter votre enfant. Car c'est bien de votre enfant qu'il s'agit.

Comment Malina pouvait-elle avoir ce type de flash alors que je savais que je n'étais pas le père ? Je restai dubitatif devant cette affirmation que je redoutais. Elle devait se tromper, après tout une voyante a aussi le droit à l'erreur. D'ailleurs, je m'empressai de lui dire qu'elle devait faire fausse route.

— Je vous l'écris, me dit-elle.

Et de poursuivre :

— Il n'y a pas de prédiction que je ne retranscris pas. Il vous sera donc possible de relire mes notes et de vérifier mes dires par vous-même. C'est une méthode que je m'applique toujours, et à ma connaissance, nous ne sommes pas beaucoup à procéder ainsi. Chaque consultant me quitte avec les grandes lignes écrites de mes visions, des dates de réalisations qui peuvent varier, mais qui restent marquées par des échéances précises. Cette prescription divinatoire dans le temps permet à mes clients d'avoir des repères réguliers sur lesquels ils pourront agir en conséquence. Nous communiquons ensuite sur les décalages éventuels du calendrier. La consultation peut ainsi être suivie le plus sérieusement possible, tant par mon consultant que par moi-même. Je fais de même avec les personnes qui viennent enregistrer mes propos avec un magnétophone de poche, matériel que je n'interdis pas. Je comprends naturellement les doutes que mes clients peuvent avoir lors d'une première visite, ce support leur permet petit à petit de s'approprier mes clichés. Ainsi, je ne redoute pas de marquer ma clairvoyance ; au contraire, c'est un gage de lien tangible que je veux établir avec mes consultants. C'est une parole, la mienne, qui devient génératrice d'énergie pour l'avenir en étant écrite.

Nous nous quittâmes sur ces propos professionnels déclamés par J.M. Je sortis de son cabinet avec cette prescription, comme le patient quittant son médecin avec son ordonnance. Pourquoi devrais-je relire un papier qui contrariait en partie mes convictions ? Je traversai la cour pavée des bureaux de ma voyante avec quelques étourdissements. L'idée de trouver Guy me revenait de nouveau.

Et si j'allais grignoter ou prendre un pot avec mon ami Bernard ? Lui-même avait vécu des séparations, il avait cette expérience. Il faut dire que c'était un coureur de jupons. À chaque fois qu'il croisait une jolie blonde, c'était le grand amour. Son record pour une liaison sérieuse était de l'ordre d'un ou deux mois. Il était souvent libre pour le déjeuner et il ne bossait pas loin du cabinet de « ma voyante », à quelques pas, dans le même arrondissement de Paris ; cela tombait plutôt bien. C'était un type que j'affectionnais, il m'avait aidé pour réaliser en free-lance une rubrique sur les questions de société. Il se trouvait compatible avec la gent féminine et ne comprenait donc pas les discours prêchant le contraire, car pour lui, homme et femme devraient à tout prix ne faire qu'un. Il aimait réfléchir sur ce point de société et faire connaître son point de vue. Il appuyait sa doctrine sur les paroles de Gandhi : « Homme et femme, chacun est complémentaire de l'autre ». Cette citation était plutôt propice à des rencontres furtives, de préférence hétérosexuelles. Bernard était physiquement bâti pour être l'ami protecteur, le confident des personnes en mal d'écoute ou avec un grand besoin de soutien. C'était une sorte de garde du corps pour ses copines, un garde-malade pour les plus névrosés de ses amis, une oreille attentive pour l'ego débordant. En ce qui me concerne, il devait être un peu des trois. Il portait une légère barbe de trois jours. C'était la mode du moment, la majorité des hommes avait adopté ce look à la Georges Clooney avec une barbe taillée comme il faut pour ne pas paraître négligé. C'était un homme d'une trentaine d'années, habillé définitivement de cols roulés. Son modèle devait être le commandant Coustaud ou

Michel Audiard. Bernard se couvrait de cette armure de laine en hiver et de mailles plus légères et assez collantes à l'arrivée du printemps. Cette tenue vestimentaire décontractée facilitait le contact. Il bossait dans les assurances. Son credo était de réaliser un maximum de contrats : santé, automobile, multirisque, placements et bien d'autres encore. Bernard avait d'ailleurs réussi à m'en brader quelques-uns.

Il était d'accord pour que nous nous retrouvions dans une brasserie jouxtant les bureaux où il bossait. J'étais content de le revoir. Je voulais en profiter pour lui parler de mon reportage sur J.M. En général, il trouvait mes idées originales et attractives. Ce qui n'était pas pour me déplaire, en ce moment où les doutes m'absorbaient. Me retrouver avec mon alter ego était une nouvelle ressource pour me remonter le moral. J'étais un peu en avance, il y avait déjà beaucoup de monde à midi. Bon, ce n'était pas de la grande restauration et la cuisine n'était pas tenue par un grand chef ; pas de recettes à la Raymond Oliver, autre client de Malina. Ce grand chef était le patron du Grand Véfour à Paris et avait créé la première émission de télévision sur l'art de la cuisine en compagnie d'une speakerine très appréciée des téléspectateurs, Catherine Langeais. La vie de Raymond Oliver manquait-elle d'ingrédients, pour qu'il aille consulter J.M ? Bref, le tout était de trouver une table légèrement à l'écart pour mieux converser tranquillement avec mon ami. Bernard me fit un petit signe de reconnaissance et s'assit à la table que le garçon avait trouvée avant que le bistrot n'affiche complet.

— Quel bonheur de te revoir ! Comment vas-tu, Ludovic ?

— Oh ! j'ai beaucoup de choses à te dire, Bernard, tu ne vas pas en revenir.

Prolixe, je lui racontai d'abord mes aventures. Il connaissait Isabelle, nous étions partis tous les trois en week-end au moment du festival des Francofolies à La Rochelle, en Charente-Maritime. Nous nous étions retrouvés à la gare Montparnasse au moment des fêtes du 14 juillet. C'est là que Bernard avait fait la connaissance d'Isabelle. Il l'avait trouvée charmante, pétulante. Comme les blondes pour lesquelles il flashait régulièrement ; il l'aurait sans doute séduite en mon absence. Nous aimions tous les trois l'ambiance de La Rochelle. Il y avait un monde fou, des familles juilletistes, des touristes étrangers et surtout beaucoup de jeunes venus assister aux concerts de la grande scène. Il régnait une atmosphère de fête. Cet environnement ouvert à la culture nous inspirait le nomadisme, nous avions tous les trois une âme d'artiste. Nous nous sentions libres comme le vent, il suffisait pour nous de suivre le courant marin océanique et de nous laisser bercer au gré de ses orientations pour nous sentir bien. Isabelle était détendue, rieuse. Elle était très à l'écoute de ce cœur d'artichaut qu'était Bernard. Elle relevait avec une certaine délectation les détails, voire les techniques de Bernard pour attirer ses prétendantes. On était heureux, d'autant que nous avions pu assister au concert de Julien Clerc sur l'esplanade Saint-Jean d'Acre, au pied des tours du vieux port. Face à lui sur cette scène en plein air, nous reprenions en cœur les succès de notre chanteur préféré. Nous quittâmes le spectacle en chantonnant *Mélissa* jusqu'à notre hôtel. Nous croisâmes des artistes au passage : Catherine Lara, Bernard Lavilliers… Nous étions dans la cour des grands, pensions-nous.

Au cours du repas, Bernard se montra plus intéressé par l'article que j'étais en train d'écrire sur Malina que par mon histoire avec Isabelle. Je fus obligé de le remettre sur le chemin de la pensée que je voulais qu'il emprunte à ce moment précis.

— Cela me fait plaisir, Bernard, que tu sois autant captivé par cette interview, mais tu sais quel peut être mon désarroi actuel ;

je vis très mal ma rupture. Je ne comprends même plus mon comportement, je suis en plein paradoxe. Je n'ai pas supporté l'enfant qu'elle porte. J'ai provoqué sans doute cette séparation et en même temps je suis malheureux de ne plus être avec elle. Je ne supporte pas qu'elle puisse être avec un autre homme, le père supposé de cet enfant.

— Désolé. Je trouve que c'est mieux que tu te consacres à ce travail d'écriture, cela te permet de tenir et de t'investir dans autre chose. Et puis, je crois beaucoup à la voyance. Ruminer sans arrêt cette querelle ne te fait pas avancer. Pourquoi ne l'appelles-tu pas ? Essaie de la revoir, de t'expliquer avec elle ; cette fille est généreuse, elle te comprendra.

— Oui, j'y ai pensé, car je voudrais être avec elle, mais comment ne pas lui en vouloir ? En revanche, j'ai décidé d'aller rencontrer son type.

— Ce n'est pas lui qui réglera le problème entre vous. Au contraire, il risque d'envenimer le climat, surtout s'il a vraiment mis enceinte Isabelle. Non, je t'assure, s'il le faut, prends le temps nécessaire pour réfléchir en toute sérénité, mais échange avec elle, c'est le seul moyen de faire le point entre vous. Et qu'en pense ta voyante ?

— Elle m'a dit que j'étais le père. Là, elle se trompe. Je dois revoir Isabelle.

— Tu sais, ta voyante, j'en ai entendu parler. J'ai lu un article sur elle dans *Le canard enchaîné,* où il était écrit que les chefs d'État, de droite puis de gauche, l'avaient consultée et auraient même failli se croiser là-bas. Je ne sais pas si c'est vrai, mais tu imagines la scène...

Ce moment avec Bernard m'avait un peu apaisé. Certes, je n'avais pas eu toutes les réponses à mes questions, mais au moins je partais avec un conseil : revoir Isabelle et s'expliquer, et une information : un président de la République pouvait consulter une voyante. Le fait que des personnalités politiques fassent appel aux arts divinatoires n'était pas un scoop en soi ; sans pour autant que cela soit trop ébruité, tout le monde ou presque le savait. Certains hommes politiques le cachaient, d'autres l'affirmaient. Clemenceau n'avait-il pas reçu madame Fraya à l'Élysée, la consultant sur la guerre de 1914 ? Madame Fraya a été la voyante de toutes les personnalités de l'époque et elle prédit aussi à Marcel Proust sa réussite au moment où il devait publier ses nouveaux écrits à compte d'auteur. Par la suite, Chaban-Delmas s'était fait photographier avec sa voyante et André Santini aurait utilisé les moyens d'études astrologiques pour recruter ses collaborateurs. L'entrée de l'Élysée par la Grille du Coq, située au fond des jardins qui donne du côté de l'avenue Gabriel, était souvent utilisée pour accueillir des visiteurs d'une manière discrète. Rendre visite au président de la République s'organisait probablement selon un rituel bien rodé. J'imaginais Malina attendue par le chef de l'État. Il ne devait pas être facile d'accéder à ce lieu hermétiquement protégé sans être vu. Pourtant, des voyants ou astrologues n'hésitaient pas à communiquer sur leur lien privilégié avec telle ou telle personnalité politique ; pour ces derniers, cela constituait à coup sûr une carte de visite honorifique pour asseoir leur notoriété. L'investigation journalistique dont me parlait Bernard était d'un tout autre ordre. Après m'être renseigné auprès de mes confrères, j'appris que la voyante qui pourrait être J.M avait été repérée à la suite de la visite du chef de l'État à son cabinet, lors d'un déplacement qui était loin d'être passé inaperçu. Deux voitures imposantes dont les vitres étaient encore transparentes tentaient d'emprunter la rue embouteillée de son bureau. Ne circulant plus, après avoir patienté quelques minutes, le chef de l'État, à la grande surprise de ses services de sécurité, décida d'aller à pied du véhicule stationné en pleine rue jusqu'au cabinet de Malina, situé à une cinquantaine de mètres. Comment ne pas être reconnu dans de telles circonstances ? Il était facile pour les journalistes de faire le rapprochement vu la rumeur de proximité que cela avait occasionnée, d'autant plus qu'il avait été dit que le précédent hôte de l'Élysée avait aussi consulté la voyante. Je m'étonnais que J.M ne m'en ait pas parlé, mais il est vrai que je ne m'étais pas penché sur cet épisode rocambolesque. C'était un autre point qui me fascinait et que je devrais aborder avec elle.

Nous avions pris l'habitude de ces rendez-vous réguliers ; parfois il m'arrivait de l'attendre longuement, ce qui me permettait de discuter avec son fils ou de regarder quelques photos dédicacées de tel artiste ou tel homme politique. Je remarquais ainsi qu'Alain Barrière prenait ses conseils et qu'apparemment ils se connaissaient bien, son petit mot chaleureux dressé en bas de la photo le laissant entendre à qui voulait le lire. J'aimais bien cet auteur-compositeur qui avait fait carrière à hue et à dia au moment de ses démêlés avec les services fiscaux, et plus récemment lors de ses problèmes de santé. Je trouvais que le métier était peu reconnaissant, le laissant tomber au moment où il en avait sans doute tant besoin. Sa fille avait pourtant tenté de le soutenir avec affection en valorisant de nouveau ses textes, qui avaient fait le bonheur du grand public au moment de *Tu t'en vas*. Personne ne l'avait retenu en France, l'obligeant à aller à l'étranger, où il fut notamment récompensé par un disque d'or. Ces aléas de vie l'avaient probablement porté à venir se réconforter auprès de J.M, tout comme Régine, la reine de la nuit. Une question s'imposait et je ne perdis pas de temps pour la poser dès que je fus assis dans son cabinet.

— Malina, est-il facile d'être la voyante d'un chef d'État ?

— Oh là, comme vous y allez, de quoi me parlez-vous ?

— Mes sources m'ont informé que des présidents de la République vous avaient consultée, et je pensais que vous m'en auriez parlé spontanément. C'est tout de même extraordinaire, je suis curieux de vous entendre parler de ces clients qui sont loin d'être des « monsieur tout le monde ».

— Quand bien même vous auriez raison, je ne vous en parlerais pas. Je vous l'ai dit, ma clientèle se confie à moi pour être éclairée dans la voie qui lui est tracée. Il s'agit la plupart du temps de préoccupations personnelles reliées à la vie privée, je n'ai donc pas à dévoiler ce qui m'est confié. Mon cabinet est un peu comme un isoloir, voire un confessionnal, où le secret est bien gardé et où il doit le rester. Certes, je ne vous cacherai pas que des hommes et des femmes politiques de tous bords, effectivement de grande importance, s'adressent à moi. Je peux en effet les recevoir ici ou bien sous les dorures d'un palais, mais ma consultation reste la même, qu'il s'agisse de quelqu'un de connu ou pas. Je n'en fais aucune publicité. Je pense que cette conduite professionnelle est appréciée. Je laisse le libre arbitre à chacun pour qu'il puisse agir en conséquence.

— Je comprends mieux votre réticence à m'en parler. Mais ces politiques, ils viennent uniquement pour des questions personnelles ou bien ils vous parlent aussi du pays ?

— Je ne donnerai pas plus d'éléments, n'insistez pas ! En revanche, je peux vous dire que les services secrets américains avaient cherché à me joindre vers la fin des années 1960, à la suite d'un article qui était paru dans *Ici Paris*, après l'assassinat de J-F Kennedy en 1963. J'avais en effet participé à une enquête réalisée par ce journal afin de révéler des sources déterminantes expliquant le décès d'une personnalité. J'avais donc travaillé en télépsychie sur les circonstances de la mort brutale du président des États-Unis, de Marylin Monroe ou bien de Martine Carol, devenue célèbre grâce au personnage de *Caroline Chérie*. Tous trois étaient décédés relativement jeunes et avaient eu une vie privée assez tumultueuse. Cette enquête avait duré quelques semaines. À chaque parution, quelques clés de mes clichés étaient proposées aux lecteurs. *Ici Paris* avait mis à ma disposition des photos, voire des objets, qui avaient appartenu à ces personnalités. Il s'était agi alors de me concentrer sur le personnage et sur l'évènement dramatique correspondant, puis de voir les faits en communiquant par télépathie médiumnique avec les défunts.

— Et pourquoi les services secrets américains s'intéressaient-ils autant à vous ?

— Je vous rappelle que les services secrets américains avaient été mis en cause pour ne pas avoir suffisamment protégé le président Kennedy, alors que c'était éminemment leur rôle. Depuis, ils ont d'ailleurs été fortement renforcés. Je pense qu'ils craignaient que mes clichés ne dévoilent l'éventualité d'une négligence certaine de leur part. De surcroît, vous savez quels pouvaient être les liens entre J-F Kennedy et Marylin Monroe... C'est une période où je ne me suis pas sentie en sécurité, d'autant plus que les services secrets me téléphonaient régulièrement en me pressant de me déplacer à Washington, ce que je refusai.

— Et qu'en aviez-vous conclu ?

— Très simplement que Marylin et Martine Carol ne s'étaient pas suicidées. D'autres pistes dans l'environnement amoureux de ces actrices étaient données. Mais l'enquête en est restée là et les services américains aussi.

— C'est dommage, mais je pense que cela aurait été compliqué d'aller plus loin sans tomber dans l'extravagance, dis-je.

— Ces sujets sont délicats, ils sont difficiles à traiter car il s'agit de personnalités adulées. Il est parfois difficile de s'opposer à des croyances installées, en particulier quand la mort d'un individu jeune et aimé du public paraît injuste. J'ai été confrontée à ce type de problématique quand j'ai été consultée par la fille d'une de mes fidèles clientes, qui venait de se suicider par pendaison. Elle est venue à moi complètement déboussolée : comment n'avais-je pu empêcher cette mort brutale ? Je connaissais bien sa maman ; certes elle rencontrait des difficultés financières après un divorce conflictuel, mais je savais qu'elle ne se serait jamais donné la mort, ne serait-ce que pour sa fille. Je me heurtai naturellement à la croyance installée du suicide de cette personne. Et pourtant, les séances de médiumnité que nous entreprîmes avec sa fille allaient très vite apporter l'hypothèse d'une mort criminelle. Au point qu'il fut décidé d'ouvrir une enquête policière. Je fus totalement investie dans la recherche de la vérité par la brigade de gendarmerie concernée et je dus me déplacer en Haute-Normandie, là où le soi-disant suicide s'était déroulé, dans la résidence de la cliente. Mon émotion était forte de devoir me pencher sur les objets qui avaient servi au trépas de ma cliente, en présence de sa fille dont la tristesse restait grande. Il n'y avait pas de doute, il y avait eu crime. Je livrai aux inspecteurs les renseignements que j'avais obtenus par clichés en communiquant directement avec la défunte. Après quelques semaines, j'appris par la fille de ma cliente que le suicide avait été déguisé et que l'assassin venait d'être arrêté.

Malina m'apparut éprouvée par ces révélations, je décidai donc de la laisser pour la retrouver un peu plus tard.

Sur les pas d'Isabelle

L'histoire de ces personnalités à succès dont nous avions évoqué la fin tragique, ayant connu durant leur vie des succès récurrents, me faisait penser à cette citation de Gérard de Nerval : « Le désespoir et le suicide sont le résultat de certaines situations fatales pour qui n'a pas foi dans l'immortalité, dans ses peines et dans ses joies ». Il s'agissait bien pour la plupart de gens éperdus. J'admettais donc que la voyance pouvait être un remède aux parcours malheureux de certaines personnes vulnérables aux aléas de la vie. Dans ces cas, J.M redonnait alors un peu d'espoir de survie. Cette perspective m'apportait du baume au cœur et un peu plus de force pour aller voir le traître qui avait manipulé Isabelle.

Alors qu'Isabelle et moi avions opté pour des appartements distincts, soi-disant pour mieux se retrouver, elle m'avait laissé entendre que Guy vivait dorénavant avec elle. Cette annonce était un autre coup de canif dans le contrat, même si notre conjugalité était plutôt de l'ordre du concubinage notoire. Comment cet homme pouvait-il vivre avec Isabelle ? Sans doute avait-il des moyens que je n'avais pas pour préparer l'arrivée d'un enfant. Je pris donc la décision de téléphoner à Isabelle et de lui fixer un rendez-vous pour s'expliquer. De cette manière, je saurais à quel moment il me serait possible de me confronter à Guy, car elle ne serait pas avec lui en cet instant. La tactique était de communiquer à Isabelle un lieu de rencard éloigné de son domicile et de ne pas m'y rendre. Ainsi, dans l'intervalle, j'irais m'expliquer avec son amant. Une fois cette mission accomplie, je n'aurais qu'à m'excuser auprès d'elle en inventant un imprévu auquel elle ne serait pas insensible. Par exemple, le malaise d'un voyageur dans le métro parisien ; il en arrive tous les jours dans les transports en commun. J'avoue qu'imaginer une telle mise en scène me paraissait malsain, je trouvais ce mécanisme de pensée très éloigné de mon caractère, mais je considérais que c'était la meilleure solution, notamment pour éviter une altercation à trois.

Je composai avec quelques hésitations son numéro de téléphone. Après deux à trois sonneries, je tombais sur sa boîte vocale ; apparemment elle était absente, à moins que les réseaux n'aient été perturbés par les derniers orages. J'eus plaisir à entendre de nouveau sa voix douce et directe. En l'écoutant, je revis notre sortie au cinéma où nous étions allés regarder un film tragi-comique de Woody Allen, *Melinda et Melinda*. Une histoire de fille paumée qui fait un jour irruption dans la vie d'un couple, le tout raconté par deux amis. Dans notre histoire, à l'instar de celle de cette comédie, c'était Guy qui était apparu sans crier gare. Je tentai de nouveau de la joindre sur son mobile avec un serrement de cœur. La réponse ne se fit pas attendre :

— Oui, bonsoir, qui est à l'appareil ?

— C'est moi, comment vas-tu ?

Après un silence vibrant :

— Pourquoi m'appelles-tu ?

— J'avais besoin de parler un peu avec toi, de faire le point. Je suis désolé que les choses se soient ainsi passées entre nous. Je suis malheureux.

— Tu cherches encore à me perturber ? Je commençais à t'oublier.

— Ce n'est pas possible, Isabelle, je sais que tu penses à moi. Je n'aurais pas dû réagir de cette manière.

— Tu rapportes tout à toi, tu n'es qu'un égoïste.

— Isabelle, que dirais-tu d'en parler tranquillement, sans t'énerver ? Posons-nous pour mieux affronter notre souffrance, car je sais que je t'ai fait du mal et je m'en veux. Tu ne le mérites pas. J'ai attendu avant de t'appeler, car il fallait que j'aie le temps de réaliser mes erreurs.

— Apparemment tu t'es réconcilié avec toi-même et maintenant tu veux le faire avec moi, c'est cela ?

— Je n'en suis pas encore à ce stade, notre séparation m'obsède. J'ai du mal à travailler, mon article n'avance pas comme je le voudrais.

— Si tu me joins pour me parler de l'enquête sur ta voyante, ce n'est pas la peine…

— Non, écoute-moi, Isabelle, voyons-nous dans un endroit tranquille, parlons-nous, je t'en supplie, je t'assure que je suis devenu raisonnable.

Convaincue, elle accepta. D'emblée, elle m'avait signifié que nous ne nous verrions pas chez elle, ce qui au fond m'arrangeait. Je lui proposai d'aller dans un bar lounge calme, situé entre son domicile et le mien. Isabelle ne se trouvait pas très loin de la Bastille ; il était préférable, pour me donner le temps suffisant d'aller surprendre Guy, de nous donner rendez-vous à peu de distance de mon appartement. Les salons du Grand Hôtel de l'Intercontinental Opéra, place du palais Garnier, me semblaient être l'endroit idéal. Peut-être faisais-je une erreur en agissant ainsi ; après tout, elle avait accepté de me revoir, il y avait là un moyen de la reconquérir.

Malina m'avait affirmé que nous nous reverrions, que ce n'était qu'une question de jours. Fallait-il louper cette prédiction qui s'amorçait ? Souvent, J.M précisait que la voyance n'est pas faite pour conditionner notre vie. Nous pouvons en effet agir ou ne rien faire en fonction des évènements. Tout dépend en fait de la manière d'appréhender les orientations de notre destinée, transmises par ses clichés. Prévenu, je pouvais donc me déterminer librement. À moi de mesurer les risques d'une rupture qui, cette fois, pouvait être définitive. En me dirigeant vers le lieu où se trouvait Guy, je venais de fixer avec fatalisme les règles de mon propre sort. Je savais qu'au moment où je tenterai d'entrer dans le logement d'Isabelle, elle serait en train de m'attendre à l'Intercontinental. Isabelle possédait un spacieux deux-pièces au rez-de-chaussée, situé au tout début du boulevard de Beaumarchais, juste après le rond-point de la place de la Bastille. Sa mère l'avait aidée à financer son logement. Marie-Claude n'aurait pas supporté que sa fille possède un appartement qui ne soit pas à la portée du niveau de vie d'une décoratrice d'intérieur. Le quartier était à la fois vivant et résidentiel. Elle profitait de la proximité de l'opéra Bastille pour écouter des concerts et assister à des ballets. Isabelle était aussi aux premières loges de toutes les manifestations organisées à la « Bastoche », expression argotique qu'elle aimait emprunter régulièrement. Il lui était facile de participer aux regroupements militants dédiés aux causes qui lui tenaient à cœur.

J'étais soulagé car les codes d'accès n'avaient pas changé et je pus aisément pénétrer dans le sas d'entrée avant de sonner à sa porte. Malgré plusieurs coups de sonnette, la porte épaisse, qui devait être celle d'une vérité virile, ne s'ouvrit pas. Je posai une de mes oreilles sur sa partie haute pour entendre un éventuel bruit ; percevais-je les pas de Guy ? Pas un bruit, seule ma respiration saccadée venait rompre un silence que je trouvais bien pesant. Décontenancé, je frappais un des battants de la porte avec une vigueur surprenante quand je vis entrer dans le hall un jeune couple avec un chien. Ils étaient habillés de la même façon, avec des vêtements larges et très colorés, au point qu'il était difficile d'apercevoir leurs mains et leurs chaussures. Je compris tout de suite que mon comportement devait leur paraître louche. Ils ne tardèrent pas à me questionner :

— Vous cherchez quelqu'un ?

— Oui, je rends visite à monsieur et madame Petit.

— Il n'y a pas de monsieur Petit, mais une mademoiselle Isabelle Petite. Elle est rarement là en journée. Il est inutile de frapper aussi fort, vous avez une sonnette pour la prévenir. Nous sommes ses voisins, voulez-vous lui laisser un message ?

En insistant :

— Elle vous connaît ?

Ils paraissaient soupçonneux à mon égard et mon intrusion dans ce lieu apparemment sécurisé leur paraissait inconvenante. Ne pouvant compter sur leur petit chien pour assurer une quelconque défense, ils auraient facilement fait appel à la police si mon habillement et ma posture n'avaient pas été à leur goût.

— Non, je vous remercie, j'ai un peu insisté car il me semble que la sonnette ne fonctionne pas.

Je sortis rapidement du hall d'entrée, comme un voleur qui aurait été pris sur le vif. Après avoir repris mes esprits, je regardai ma montre pour calculer le temps qu'il me faudrait pour retrouver Isabelle, qui était sans doute encore à l'Intercontinental. Je repris donc le métro jusqu'à la place de l'opéra. L'absence de Guy avait bousculé mon scénario ; inutile de joindre Isabelle, mon retard devenait raisonnable. J'arrivai à l'Intercontinental avec un léger décalage de temps. Les salons se succédaient en cascades, ce qui donnait à l'ensemble une décoration multiforme de type Art déco. Elle était là, assise dans un grand fauteuil de cuir noir. Elle ne semblait pas s'impatienter, ce qui me réconforta. Elle portait un joli ensemble dans les tons rose fuchsia, dont la veste était fermée par de charmants boutons façon bijou. Ses jambes étaient légèrement croisées. Elle dégageait un charme fou.

— Isabelle, je suis désolé d'être en retard mais la ligne de métro a été perturbée.

Je ne savais pas de quelle manière je devais l'embrasser. Elle me tendit très habilement ses joues, le moment n'était donc pas choisi pour lui faire un baiser sur la bouche, qu'elle avait épaisse et bien dessinée. Pourtant, j'en avais très envie.

— J'allais partir ! me dit-elle sans grande conviction.

Tout laissait entendre qu'elle s'était faite à l'idée de nous retrouver.

— Je suis heureux de te savoir là, j'avais besoin de te voir. Je ne supporte pas que tu puisses avoir un autre homme dans ta vie.

Apparemment elle ne paraissait pas enceinte, je la trouvais plutôt mince, même si sa poitrine était généreuse.

— Pourquoi me fais-tu du mal, Ludovic ?

— Je ne le veux pas, je suis désolé, mais notre couple ne repose que sur ton souhait d'enfant et ta grossesse. Nous n'arrivons plus à aborder autre chose, même notre vie quotidienne en souffre. Et puis est arrivé cet homme.... Est-ce sérieux entre vous ?

— Je ne souhaite pas en parler, Ludovic. Tu voulais me faire part de tes erreurs, alors je t'écoute.

— De nos erreurs, corrigeais-je.

Je perçus que le comportement compréhensif que j'avais adopté en arrivant devenait acerbe. Isabelle m'interrompit :

— Tu me reproches de porter un enfant et de vouloir être mère et tu estimes que c'est une aberration...

Je la stoppai également :

— Pas du tout, je disais que ce n'était pas le moment. Nous avions le temps d'en parler, de préparer ensemble cette nouvelle étape de notre vie, sans venir la bousculer pour une histoire de gosse.

— Te rends-tu compte de ce que tu es en train de dire ? En fait tu ne m'aimes pas, je ne sais pas d'ailleurs pourquoi je suis là, je suis une véritable idiote.

Isabelle se leva d'un bond, quelques larmes coulèrent sur ses joues, je la voyais désarmée. Je me précipitai pour l'empêcher de partir en la retenant fermement par le bras. Je ne voulais pas qu'elle s'en aille, je ne voulais pas gâcher ce moment qu'elle m'avait accordé et que l'ombre de Guy venait encore encombrer.

— Non, reste, Isabelle, bien sûr que je t'aime, sinon je ne serai pas aussi franc avec toi.

— Lâche mon bras, tu me fais mal ! me dit-elle, agacée.

— Je ne sais plus quoi faire, Isabelle, excuse-moi, s'il te plaît, reste, insistai-je.

Après quelques instants, je trouvais quelques mots d'apaisement en lui demandant si sa grossesse ne la fatiguait pas trop, si tout allait bien de ce côté-là...

— Tu as fait une visite chez le gynéco ? Tu es à combien de mois ? poursuivis-je.

Isabelle me répondit avec quelques sanglots dans la voix.

— Pourquoi cela t'intéresse -t-il ? Arrête de me déstabiliser ainsi, finissons-en, Ludovic, je vais partir et rompre définitivement avec notre passé.

— Je suis sincère, Isabelle, ta santé m'inquiète. Et puis, si j'étais le père...

— Mais tu es le père, Ludovic, c'est ainsi !

Je n'osais pas réagir, même si j'en mourais d'envie. Il était préférable d'en rester là et de ne pas insister sur le rôle que pouvait jouer son nouvel amant. Malgré le doute qui m'animait depuis le début de cette mésaventure, je m'assis au plus près d'elle en lui passant le plus tendrement possible la main dans les cheveux. Nous restâmes un moment sans parler, comme si le temps s'était tout d'un coup arrêté, pour mieux apprécier l'hypothèse selon laquelle ma paternité serait enfin reconnue. Mon ressenti était étrange, entre émotion et irritation. J'avais envie de la protéger et en même temps il fallait que je l'entende s'expliquer. Or, je n'avais pas appris grand-chose sur sa relation avec Guy.

Par ailleurs, Isabelle était restée discrète sur l'évolution de sa grossesse. J'avais néanmoins compris qu'elle était inquiète, elle avait viscéralement peur de perdre cet enfant. Elle avait évoqué une possible fausse couche du fait de quelques contractions anormales, bien que son médecin l'ait rassurée. Avant de nous quitter, je lui proposai de faire appel à moi si elle ne se sentait pas bien, ce à quoi elle me répondit :

— On verra… Laissons-nous un peu de temps encore.

— Oui, mais pas trop. Ce temps, nous pouvons aussi le rattraper. Ne nous piégeons pas dans une incompréhension mutuelle. Je prends l'initiative de te rappeler ? lui demandais-je.

— Je le ferai.

Cette décision était nette, je devais m'en contenter. Je n'étais pas certain de m'y soustraire.

Je pensais que ce rendez-vous n'était pas manqué puisque j'avais pu revoir Isabelle, mais qu'en resterait-il concrètement, tant pour elle que pour moi ? Alors que je ne voulais pas d'enfant, le fait qu'Isabelle m'ait parlé de fausse couche me laissait perplexe. Isabelle pouvait-elle en souffrir ? Pourrais-je me pardonner si elle perdait son enfant ? Alors que je restais seul dans ce salon de l'Intercontinental, la clairvoyance de Malina au sujet d'Isabelle me revint à l'esprit. Je me rappelai aussi ce rêve que j'avais fait... Isabelle tentait de recoller des morceaux d'une coquille d'un œuf blanc effrité en m'appelant : « Ludovic, viens m'aider je t'en supplie ! Il faut absolument protéger l'œuf de notre colombe. »

À cet instant, j'imaginais Isabelle comme la colombe blanche de l'amour en train de perdre ce zygote tant attendu. Cette séquence de film en couleur que j'étais en train de me projeter, dont l'acteur principal manquait – moi en l'occurrence –, me fit frissonner. Par la suite, cette illusion revint sans cesse, comme un ancrage indélébile. Pour m'en défaire, je devais en parler à J.M le plus vite possible. Je décidai de lui rendre visite le lendemain de cet épisode avec Isabelle.

Ce matin-là, je n'avais pas pris la peine de vérifier la disponibilité de ma voyante. C'est elle qui m'ouvrit la porte. Surprise de me voir, elle me précisa que nous n'avions pas rendez-vous et qu'il était exclu que je vienne ainsi à l'improviste. Je lui expliquai que je ne l'importunerai plus, mais qu'il était très important que je lui relate un évènement récent qui m'avait particulièrement touché. Je m'aperçus que ma quête de réconfort était forte et que son soutien éclairé me serait précieux. Cette attitude envers J.M dépassait les interviews que je m'étais fixés dans le cadre de son activité. Elle confirmait que l'inquiétude et le désarroi peuvent en effet amener à consulter une voyante.

— Que puis-je pour vous, monsieur Dominiak ?

Je m'attardai sur mon mal-être en lui décrivant plus en détail ce rêve que j'avais eu : la coquille de l'œuf, la colombe, les appels d'Isabelle... Ce scénario troublant qui m'était venu à l'esprit.

— Ces images n'apparaissent pas à vous par hasard. Elles sont le résultat d'un cheminement personnel qui touche aux symboles, à la spiritualité et à l'atteinte de certaines valeurs, comme l'amour que l'on peut porter à l'autre. La colombe représente justement l'amour et la situation de votre relation avec Isabelle. L'œuf décrit la fécondité possible, ses brisures et l'éventualité d'une fausse couche. Tout ceci n'est pas loin de ma prédiction lors de nos premières rencontres.

J.M resta silencieuse une minute, puis me questionna :

— Isabelle vous tendait-elle une plume ?

— Non, pourquoi ?

— Dans certaines cultures ancestrales où les symboles ont une grande importance, le fait d'offrir une plume de colombe à quelqu'un signifie qu'on lui déclare son amour. Le faisiez-vous dans ce rêve, monsieur Dominiak ? me demanda-t-elle.

— Je ne le crois pas, répondis-je.

— Je vous pose cette question, car cette image peut avoir le sens d'une réconciliation prochaine. Rassurez-vous, cela ne veut pas dire que celle-ci n'aura pas lieu. En fait, vous avez créé symboliquement le script de ce que vous vivez actuellement avec elle. Vous le savez, il n'y a pas qu'en Égypte où tout est symbole. Tout signe, toute expression peut avoir une traduction symbolique, être un facteur de reconnaissance. Nous parlions de colombe avec l'amour, mais nous pourrions aussi évoquer la paix. Le symbolisme est un langage dont les mots évoquent des émotions, des sentiments, des comportements, des valeurs. C'est le sens de la vie et le besoin de spiritualité qui est recherché. Mon ami et client de longue date, Gérard Mourgue, était très inspiré par le poète symboliste Jean Moréas qui cherchait, disait-il, à « vêtir l'idée d'une forme sensible », où sons, couleurs et visions participent d'une même intuition, pour faire d'un poète une sorte de mage. C'est le cas de l'harmonie musicale, de la littérature ou de l'art pictural ; on retrouve d'ailleurs cette influence artistique dans son roman *Le musicien*.

— Je ne connais pas Gérard Mourgue. Qui est-il ?

— C'est un écrivain et poète qui a beaucoup compté dans le milieu culturel, notamment chez France Culture, où il a conçu un grand nombre d'émissions culturelles. Nous avions toujours des conversations très intéressantes, au-delà des raisons pour lesquelles il venait me consulter.

Pour en revenir à vous, monsieur Dominiak, devenez adulte, je vous en prie, vous n'êtes plus l'enfant unique chouchouté par une grand-mère aimante. Vous avez l'âge et la raison. Prenez conscience qu'Isabelle est la personne qui peut vous transfigurer, qu'elle peut vous apporter l'équilibre qui vous est nécessaire en consolidant votre couple ; cet enfant ne vous apportera que du bonheur et vous saurez être un père aimant. Prenez ce qui vient à vous comme une nouvelle vie. Tout peut s'arranger et s'équilibrer si vous l'acceptez, ne négligez pas cette opportunité.

— Vous me conseillez donc d'être le père d'un enfant qui n'est pas le mien ?

— Ne faites pas les questions et les réponses ; vous refusez d'être père car vous voulez rester l'enfant que vous avez été. Réfléchissez-y, faites le point avec vous-même : tout est tracé pour que vous soyez heureux, d'autant plus que vos articles seront appréciés.

En quoi n'étais-je pas un adulte ? Ce conseil prémonitoire me questionnait. Je n'avais rien d'un ado retardé. Mon look était décontracté, certes, mais mon métier était plutôt considéré comme sérieux et l'homme jeune que j'étais, plutôt réfléchi. Financièrement, je m'assumais, enfin le pensais-je, et professionnellement aussi. J'étais quelqu'un de responsable. On peut être adulte et ne pas vouloir se marier ou ne pas avoir d'enfant, pensais-je. Je n'étais plus dépendant de mes parents depuis quelque temps déjà, j'avais le droit de penser autrement. En revanche, j'admettais que je n'avais peut-être plus totalement le contrôle de mes émotions et que la rupture avec Isabelle m'empêchait d'agir raisonnablement, mais avais-je gardé le pouvoir sur mes propres réactions ? Après tout, le scénario que j'avais imaginé pour rencontrer Guy était impulsif. La démarche offensive dans laquelle je m'étais laissé embarquer aurait pu immanquablement dégénérer, mais n'avais-je pas le droit d'être ainsi ? Fallait-il néanmoins le faire ?

— Que me conseillez-vous donc, Malina ? poursuivis-je.

— De réfléchir aux étapes qui sont les vôtres. Vous venez d'entrer dans une ère nouvelle, plus représentative de votre vie d'adulte, où vous devez penser à faire du bien à ceux que vous aimez en y trouvant du plaisir. C'est un processus de maturité qui implique d'autres appropriations, d'autres responsabilités, d'autres rôles dans la société, celui d'être un père aimant par exemple. Votre grand-mère a beaucoup compté pour vous, elle vous portait un amour incommensurable, elle vous a beaucoup protégé. Vous n'avez sans doute pas fait le deuil de sa disparition et puis, vous le savez, il y a une relation à établir entre l'aspect du ciel au moment de votre naissance et le destin. Les astres peuvent donc exercer une certaine influence sur votre attitude et votre comportement, sur certaines qualifications psychiques et sur les modalités de l'action du non-moi sur le moi. Destin et libre arbitre sont en lutte perpétuelle et c'est cette dualité qui vous amène à agir ou pas avec bienveillance, raisonnablement.

Au-delà des caractéristiques de ma personnalité et de mon destin, ma voyante venait de toucher en moi un point sensible, le décès de ma grand-mère. C'est vrai que j'avais été particulièrement affecté par cette épreuve. Elle s'appelait Germaine. C'était une femme magnifique, pleine de générosité. Elle était adorable. Il était difficile de lui donner un âge, le temps ne l'avait pas marquée. Son visage était lumineux et peu ridé, comme si rien ne pouvait l'affecter. Ses yeux bleu clair avec de longs cils lui donnaient un regard dont on aurait pu croire qu'il fût translucide. Vêtue d'une blouse en harmonie avec la couleur de ses yeux, toujours trop étroite telle une deuxième peau,

Germaine protégeait ainsi ses vêtements de possibles taches. Ma grand-mère était coquette et sa vie à la campagne ne l'empêchait pas de suivre la mode, de se maquiller légèrement et de se parfumer avec une très vieille essence de lavande de Provence. Je lui rendais visite l'après-midi et le goûter était toujours prêt. Pas un « quatre heures » sans son pain d'épices fabrication maison. Sa recette était spéciale et personne ne devait la connaître, j'étais le seul à partager le secret de l'ensemble des ingrédients. Quelques gouttes de noisette au miel de lavande faisaient la différence ; nous étions en tout cas deux à le croire pour toujours. Chaque invité était questionné sur la particularité de cette pâtisserie, la question était rituelle :

— Comment avez-vous trouvé mon pain d'épices ? Je suis sûre que vous n'en avez jamais mangé comme celui-là !

Personne ne trouvait naturellement la raison pour laquelle le sien avait cette saveur étonnante. Ce moment était pour moi une madeleine de Proust. Ce n'était pas la seule complicité que nous partagions. Je pouvais me confier à elle sans difficulté. C'est vrai que tout m'était permis avec elle, un peu trop sans doute… Elle habitait à la campagne, dans un joli hameau en Normandie, du côté d'Évreux. Sa maison était modeste, mais accueillante. Germaine vivait essentiellement dans une très grande pièce avec des poutres apparentes, qui pouvait faire office de cuisine, de salle à manger et de salon. Toutes les conditions étaient réunies pour aménager les lieux selon les évènements du moment. Une magnifique cheminée rustique permettait très régulièrement de faire de jolis et réchauffants feux de bois. Germaine avait aussi sa méthode pour allumer les siens. Elle ne laissait personne s'en occuper, à part moi. Je l'aidais à poser les bûches de chêne, plus lourdes, ou de hêtre, qui avaient été préalablement stockées dans un endroit bien sec. Je voyais qu'en fait, elle appréciait cette manutention un peu rébarbative.

C'était une véritable échappatoire et un vrai réconfort d'aller là-bas. La table de ferme qui meublait sa salle commune était une belle pièce maîtresse, imposante et incontournable pour s'installer et profiter du goûter en bonne compagnie. Nous allions aussi régulièrement nous promener dans le joli hameau des environs. Nous partions en balade, et au passage, Germaine cueillait quelques fleurs sauvages, des framboises, des épis de blé – « sept beaux et gros », disait-elle, « pour la prospérité » –. Les récoltes se faisaient au gré des saisons. Nous aimions profiter de ces moments pour nous aérer, parler de tout et de rien, de la pluie, du beau temps, de mes études, de mon avenir… Sa maison était située à proximité d'une vieille chapelle d'origine templière. Il n'en restait pas grand-chose, juste une moitié de nef avec des piliers de bois taillés dans la masse et reposant sur des socles en pierre, ainsi qu'un bénitier habillé d'une mousse verdoyante servant le plus souvent à désaltérer avec de l'eau de pluie les vaches des troupeaux avoisinants. Ce récipient très ancien ne contenait plus depuis longtemps – Dieu sait quand – de l'eau bénite. Malgré tout, Germaine avait pris l'habitude d'y faire une halte pour un instant de recueillement. Elle n'était pourtant pas une grenouille de bénitier. C'était pour elle un rituel de croyance, d'espoir, un moyen de supporter sa vie, pardonner, aimer et rester joyeuse. Elle n'avait pas eu le temps de connaître Isabelle. Ma grand-mère, c'était un peu mon jardin secret. Germaine, tu me manques ! dit ma petite voix intérieure.

Comme pour me rassurer, Malina ajouta :
— Votre grand-mère continue à vous préserver depuis l'au-delà, c'est un ange gardien.

— Pourquoi vous arrivez à communiquer avec elle ?
— Je ressens de bonnes vibrations, elle est souvent auprès de vous. Elle me dit qu'elle aurait aimé connaître Isabelle. Elle me parle d'une chapelle...
— Bien sûr, je vois laquelle, lui répondis-je.

Imprégnée, J.M déclara :

— Votre grand-mère souhaiterait que vous y retourniez, que vous repreniez contact avec ce lieu de dévotion. C'est un lieu sacré pour elle, dans tous les sens du terme. Vous devriez y trouver les ressources nécessaires pour prendre les bonnes décisions.

Après m'avoir donné quelques détails de la vie de Germaine, Malina me fit comprendre que son temps était précieux et me fixa un nouveau rendez-vous qui, cette fois, serait consacré à mon enquête.

Et si je proposais à Isabelle de venir avec moi en Normandie ? Nous aurions ainsi le temps de trouver un accord avec harmonie, en nous rendant sur les terres de ma grand-mère. Et puis, Germaine rencontrerait celle que je devais encore aimer...

De retour à mon domicile, alors que je trouvais pour la première fois mon appartement sans âme, je réussis, avec l'aide d'une bonne bière, à me remettre sur mon article. Je pointai tous les éléments qui m'apparaissaient majeurs pour le rédiger. J'avais pris quelques notes au sujet de l'avis de ma voyante sur l'oniromancie. Il s'agissait d'une autre forme de divination, s'appuyant sur l'interprétation des rêves. Cette discipline émanait de la culture égyptienne antique. La sagesse voulait que les dieux aient créé les songes pour délivrer des messages. Il est vrai que la plupart des gens étaient attachés à leurs rêves et en quête d'une définition rationnelle de ces phénomènes incontrôlables. D'après J.M, certains rêves pouvaient être prémonitoires s'ils étaient répétés sur une période de cinq à sept jours ; rêver par exemple de perdre ses dents plusieurs fois de suite pouvait en effet indiquer des problèmes de santé ou la perte d'une énergie vitale. Quoiqu'il en soit, décrypter un rêve n'était pas facile, seule comptait la manière dont il était vécu au réveil. Pour compléter mes informations, j'avais lu que nous passions à peu près vingt-cinq ans à dormir durant toute une vie et quatre-vingt-dix minutes à rêver chaque nuit. Quant aux recherches médicales sur le sommeil, elles indiquaient que le rêve pourrait être la traduction modifiée des informations assimilées au cours de la journée précédente. Nous avions aussi évoqué la cartomancie et la tyromancie, car les Grecs faisaient de la divination à partir de l'état de la fermentation des fromages. Toutefois, je savais qu'elle n'utilisait ni les cartes ni le fromage comme supports pour l'aider à capter l'avenir de ses consultants. Elle ne contestait pas l'intérêt de ces moyens divinatoires de culture très ancienne. Héritée de pratiques du XVe siècle en Espagne puis en Italie, la cartomancie restait limitée pour elle au symbolisme des couleurs et des emblèmes communs aux cartes. Pour Malina, ce n'était qu'un appui pour développer son intuition. D'ailleurs, s'exercer aux cartes ou aux tarots devenait une pratique accessible aux non-initiés : il suffisait de lire la méthode et de l'appliquer à la lettre. Son ami Belline, pourtant créateur d'une catégorie de tarots, n'était pas loin de partager son avis. Par ailleurs, je relus des annotations sur la psychométrie, méthode qui mesure entre autres des expériences extrasensorielles. Elle m'avait donné l'exemple de ce groupe de scientifiques qui demandèrent à une voyante de décrire à distance et point par point l'opération d'une femme subissant une ablation d'un sein. C'est un médecin, faisant partie de ce groupe spécialisé en psychométrie et connaissant la pathologie de cette personne, qui vérifia les dires de la voyante sur l'état de la malade. Les révélations furent justes et la voyante annonça même que la patiente mourrait le lendemain matin de cette intervention, mais sans agonie ni souffrance... ce qui eut bien lieu. Une description de l'atteinte gravissime des organes internes de la malade avait été aussi donnée.

La lecture de mes notes et de mon mémo fut interrompue par la sonnerie stridente de mon mobile. Comme je n'avais pas eu le temps de répondre, ma messagerie prit le relais. D'une voix grave et d'un ton sec, j'entendis : « Arrêtez d'importuner Isabelle ! »

Cet appel entraîna immédiatement en moi une montée d'adrénaline. Je ne reconnaissais pas cette voix éraillée d'outre-tombe. Qui pouvait s'interposer entre Isabelle et moi ? Qui pouvait ainsi m'interdire toute relation éventuelle avec elle ? S'agissait-il de Guy ? Rien ni personne ne m'empêcherait de revoir Isabelle et de l'emmener en Normandie comme me l'avait suggéré Malina. Je nous imaginais en train d'arpenter de nouveau le parcours bucolique de ma grand-mère. Main dans la main, nous irions jusqu'à cette ancienne église pour célébrer symboliquement notre réconciliation.

Ce jour-là, tout serait lumineux, nous baignerions dans un vaste champ de rayons cosmiques pour nous transporter dans une énergie d'amour et de bonheur.

Ma voyante s'inspirait toujours de la lumière continuelle d'une bougie. Un objet phare pour elle. Sa chandelle était placée au bon endroit dans sa bibliothèque, entre une statue ancienne de Bouddha en bois doré reposant sur une feuille de lotus offerte par Joseph Milgram, producteur musical, et celle d'une Vierge en bois d'olivier. C'était un rayon de soleil où chacun de ses clients pouvait trouver la source d'une luminance vitale. Malina avait évoqué pour moi cette lumière de l'âme, de la vie ascendante et permanente qui ne s'éteint jamais, de la perfection en somme. Les bougies qu'elle utilisait pouvaient varier de couleur selon les ondes de ses journées de consultation, disait-elle. Le plus souvent, il s'agissait d'une bougie blanche car sa vibration est puissante et très bénéfique. Son utilisation permet d'accroître les pouvoirs psychiques sous le signe de la pureté et de la protection. La bougie dorée était préférée pour amplifier les influences cosmiques positives, favorisant le magnétisme et l'accomplissement. Certains jours, son bureau s'illuminait d'une bougie violette ou gris clair. J.M voulait ainsi neutraliser les mauvaises pensées, chasser les influences négatives et, de préférence, favoriser la méditation, la voyance et la communication spirituelle. Régulièrement, elle y associait quelques feuilles de laurier, comme un signe de victoire sur les forces contraires. J.M y voyait aussi des étapes de vie que l'on brûle chaque année, des jalons épisodiques, des parcours perpétuellement renouvelés. Elle donnait souvent l'exemple de la symbolique de l'anniversaire. Intéressé par le sujet, je notai que, d'origine latine, le mot anniversaire désigne le fait de se remémorer un évènement du passé, souvent emprunté dans notre histoire personnelle. La date de l'anniversaire marque aussi un an de notre vie joyeuse ou malheureuse, comme un rite de passage que l'on fête ou pas selon le degré d'intensité que l'on veut y mettre. Le rituel de l'anniversaire serait d'origine païenne, lié à la magie et à la religion. À l'époque de l'Antiquité, allumer des bougies à l'occasion d'un anniversaire était le moyen de se protéger des démons et d'assurer sa sécurité. Souffler des bougies devait permettre d'espérer un avenir paisible et meilleur. Je retins la citation d'Alain Montandon, professeur de littérature : « La fonction du rite est destinée à réduire l'anxiété existentielle en permettant d'affronter l'inconnu (…). Il s'agit, face au vertige du temps linéaire, d'apporter un ordre et un sens… ». Je décidai de faire mienne cette phrase en ce qui concernait ma nouvelle trajectoire de vie.

Cet avertissement laissé sur ma messagerie vocale me tracassait. Ce n'était pourtant pas la fin du monde… Ce moment chaotique me renvoyait aux tableaux de Jean Carzou sur les cycles de l'aventure humaine, où se mêlent guerre et paix. J'avais eu l'occasion de découvrir un été à Manosque, dans les Alpes-de-Haute-Provence, son Apocalypse sur les murs de la chapelle d'exposition. 600 mètres carrés de peintures bleutées sur des thématiques visionnaires, dans un magnifique lieu de culte en plein centre de cette petite ville ensoleillée, entourée de champs de lavandes et d'oliveraies. Je n'étais pas dépaysé en retrouvant les traits de ce peintre d'origine arménienne exposés dans les bureaux de Malina, puisqu'elle avait eu la chance de le connaître, et lui, sans doute, de se confier à elle. Ces lignes architecturales marquaient le climat conflictuel de notre société, de la Révolution à l'Holocauste. Néanmoins, un ciel d'un bleu clair sans nuages contrastait avec ce climat d'inquiétude, comme une empreinte à tout jamais indélébile. Tous les espoirs restaient donc permis, puisque ce cycle infernal finissait par un magnifique portrait de femme-arbre au visage de madone, délivrant au monde un éternel message de paix universelle. Cette paix, je devais aussi la retrouver en me focalisant sur mes objectifs professionnels et personnels. Le but était donc de retrouver Isabelle et de l'emmener coûte que coûte en Normandie, sur les terres de Germaine.

J.M me l'avait conseillé comme antidote. Je décidai donc de passer un coup de fil à Isabelle et de l'inviter à passer un week-end en ma compagnie. Après une courte sonnerie, Isabelle décrocha dans un silence déboussolant.

— Isabelle, ne raccroche pas, c'est moi, Ludovic. Je t'en supplie, écoute-moi. J'ai pensé que nous pourrions passer un moment ensemble en Normandie, je voudrais t'emmener aux endroits où j'ai vécu avec ma grand-mère.

Après un nouveau et long silence :
— Pourquoi cherches-tu encore et toujours à m'ébranler ? me répondit-elle.

Sa voix était claire et ferme. Pourtant, je ne ressentais pas de la distance, je percevais même de sa part une certaine nostalgie. Même si sa question était précise, je trouvai dans cette réponse un espace favorable. J'insistai donc en prenant des nouvelles de sa santé, je lui demandai même où en était sa grossesse. Isabelle, sans attendre la réponse à ma question, me dit qu'elle voulait absolument préserver cette complicité avec l'enfant qu'elle portait. Elle m'expliqua même qu'elle attendait une fusion prénatale. Cet enfant à naître la perturbait viscéralement. Je perçus un je-ne-sais-quoi de mystique dans ses propos. Alors que je proposai de passer la récupérer samedi prochain, elle me dit qu'elle n'était pas libre car elle devait se rendre à une séance de toute importance. Alors que je cherchais à savoir quel était ce rendez-vous aussi primordial, elle m'indiqua qu'il s'agissait d'une séquence de maintien de la relation mère-enfant, et qu'elle devait absolument se rendre chez un thérapeute spécialisé situé en banlieue parisienne.

— Veux-tu que je t'accompagne ? Tu as peut-être besoin d'un soutien pour une telle consultation ?

— Non, je suis avec trois autres mères de mon âge, je ne suis pas seule.

Je restais particulièrement dubitatif sur les bienfaits de cet accompagnement, qui m'apparaissait un peu étrange. J'appris plus tard que ce n'était pas la première fois qu'elle s'y rendait. Isabelle avait en effet déjà entrepris d'effectuer régulièrement ces drôles de thérapies en petit groupe. Je m'en inquiétais. Je décidai donc de la suivre depuis son domicile jusqu'au lieu de rendez-vous. Pourquoi avait-elle ainsi préféré se rendre à cette entrevue en proche banlieue plutôt que de me suivre en Normandie ? Elle ne mesurait sans doute pas que notre vie commune pouvait renaître sur les terres de ma grand-mère, que c'était prédestiné. Enfin, le pensais-je... N'était-ce pas le message de Malina ? Certes, ses reproches à mon égard sur mon intrusion dans sa vie privée, que je ne partageais plus, pouvaient se comprendre. Mais en fait, s'agissait-il d'autre chose ? Ne préparait-elle pas quelque chose à mon encontre dont j'ignorais le moindre détail ? Ces menaces récentes au téléphone, en était-elle l'instigatrice ? Ma curiosité et ma jalousie m'amenaient à enquêter plus sérieusement, au risque de la perdre à tout jamais. Ne rentrais-je pas moi-même dans un délire de persécution ? Il fallait que je le sache avec certitude.

J'avais décidé tout de suite après mon petit-déjeuner de m'engager dans cette filature. Tel un détective privé spécialisé en divorce ou en adultère, je m'étais vêtu le plus discrètement possible en cas d'infiltration ultérieure. Un jean banal, un pull à col roulé, quasiment le même d'ailleurs que mon copain Bernard, des tennis au cas où j'aurais à courir et un trench-coat. Il était 10 h 40 du matin, j'avais garé mon véhicule sur un emplacement de livraison en face de l'habitation d'Isabelle. Je craignais qu'un agent de police ne me fît quitter ce lieu d'observation ; en effet, je fixais mon regard en permanence vers la sortie de son immeuble, mon rétroviseur me servant à anticiper une éventuelle verbalisation de la police. Cela me demandait une grande concentration qui me donnait le tournis. Je la vis sortir du parking de l'immeuble au volant de son Austin de couleur blanc nacré et au toit noir. Dans ce véhicule, Isabelle avait cette classe anglo-saxonne proche des héroïnes des feuilletons de la BBC. J'avais l'impression de vivre une scène empruntée aux films d'Alfred Hitchcock, avec ses actrices fétiches telles qu'Audrey Hepburn et son foulard noué autour du cou dans le film *Vacances romaines* ou bien encore Grace Kelly dans *Fenêtre sur Cour*. Isabelle ne m'avait pas remarqué, je n'avais donc aucune difficulté à la suivre. Seule la circulation particulièrement dense ce mercredi s'opposait à mon élan, que je domptais mal. Le premier embouteillage rencontré pouvait interrompre cette poursuite. De plus, je ne devais pas la perdre de vue et redoubler de vigilance, de peur de renverser un piéton ou percuter un vélo. Tout laissait penser que j'étais encore amouraché d'Isabelle.

Décidément, cette ville n'était pas faite pour circuler à bicyclette en toute liberté, même si l'idée paraissait généreuse et écoresponsable. Isabelle était la première à consommer du vélo dès qu'elle le pouvait, regrettant d'utiliser trop peu souvent sa petite mini. Paris n'était pas Amsterdam avec ses voies piétonnières et ses pistes cyclables. Et puis, notre culture latine reste éloignée de celle des Pays-Bas, où la discipline et le pragmatisme sont dominants. Isabelle se dirigeait maintenant vers les quais de Seine pour récupérer une partie de l'autoroute A4, du côté de l'est de la région parisienne. J'avais de plus en plus de mal à la suivre et je devais jouer avec habileté pour ne pas m'éloigner de son véhicule. Je devais conduire en ne me laissant pas dépasser par des camions afin de bien rester derrière sa surprenante trajectoire. Puis, en traversant la Seine, elle prit la bretelle de l'autoroute pour se diriger vers Maisons-Alfort. Arrivée au centre-ville, Isabelle s'arrêta sur le parking de la mairie. J'en fis de même à distance. J'attendis qu'elle descende de sa voiture pour la suivre à pied le plus discrètement possible. Elle ne semblait pas hésiter, le lieu où elle se rendait lui était apparemment familier. Cela confirmait bien que ce n'était pas la première fois qu'elle s'y rendait. Mais pour quoi faire, qui devait-elle rencontrer ? Était-ce pour rejoindre Guy ? Je patientais un peu avant qu'elle n'accède à l'immeuble et que je ne m'y rende à mon tour.

Une fois passée le hall d'entrée, Isabelle traversa une petite cour pour se diriger vers un atelier d'artiste assorti d'une immense verrière. Les vitres laissaient entrevoir les faits et gestes de ses occupants. Je pouvais ainsi voir les mouvements d'Isabelle. De quoi assouvir ma curiosité. Je m'installai discrètement sur les premières marches d'un escalier en bois retenu par de grandes poutrelles métalliques, elles-mêmes reliées à l'atelier. Je ne risquais pas d'être vu, d'autant plus que l'immeuble uniquement composé d'un étage me semblait presque abandonné. On aurait pu facilement le squatter et sa localisation dans une impasse isolée était peu sécurisante. J'aperçus alors six jeunes femmes proches d'Isabelle, ainsi qu'un homme d'une quarantaine d'années. Ils se trouvaient tous au milieu d'une grande pièce presque vide. Seuls un canapé et une table de style ancien meublaient ce grand espace. L'homme était assez grand, à peine vêtu, pieds nus. Habillé d'un débardeur blanc et d'un caleçon noir légèrement moulant, il paraissait musclé et légèrement poilu. Malgré son âge, il avait les cheveux grisonnants, ce qui lui donnait un côté sexy. Son bras gauche portait un tatouage d'un style tribal, avec un aplat noir très impressionnant, complété d'ombres avec des formes particulières primitives. Les personnes autour de cet homme paraissaient sous son emprise. Le groupe formait régulièrement des cercles de manière saccadée, au centre desquels l'homme se tenait avec une espèce de baguette à la Harry Potter, parfaitement adaptée aux guerriers ou aux sorciers. Tel un chef d'orchestre, il maniait le groupe à la baguette et le dirigeait avec des mouvements répétitifs de haut en bas puis de gauche à droite. Je n'arrivais pas à entendre ce qui était dit. À chacun de ses gestes, une des six jeunes femmes s'avançait ou bien se reculait, baissait la tête ou bien la levait, les yeux bandés, le tout accompagné d'un chant qui me paraissait strident. Isabelle faisait partie de cette parade hystérique, jusqu'au moment où la baguette de l'animateur toucha son ventre. Elle se mit à crier et à pleurer.

Les autres jeunes femmes l'entourèrent et commencèrent à la dévêtir. Je ne savais pas trop où elle s'était laissé entraîner, mais toute cette mascarade m'insupportait. Je ne pouvais pas accepter qu'Isabelle soit ainsi manipulée, je la sentais en danger.

Je décidai alors d'interrompre cette séance et, sans réfléchir, je me précipitai vers la verrière en cassant les vitres à portée de main.

Abasourdi, l'ensemble du groupe fut complètement affolé par mon intervention forcénée. L'homme surgit d'un bond et se précipita sur moi. Je reçus un coup de poing au creux de l'estomac pendant qu'Isabelle, reprenant conscience, venait à mon secours en tentant de le calmer : « Guy, arrête, tu vas le tuer, il n'y est pour rien ! ». Alors que j'étais au bord de l'évanouissement et que ma main ensanglantée commençait à me faire souffrir, je compris que je me trouvais enfin devant celui que je cherchais. Que s'était-il passé ? J'avais du mal à me rappeler le sens de cette agression.

Je me retrouvais tout seul dans la cour en bas de l'escalier. J'avais froid. Il faisait sombre, des morceaux de verre m'avaient blessé. J'essayai à plusieurs reprises de me relever, et c'est seulement en m'agrippant à la gouttière que je réussis à me tenir debout. Titubant, je me dirigeais comme un zombie vers l'impasse, en quête de personnes qui pourraient m'aider. Isabelle et Guy n'étaient plus là, m'abandonnant à mon sort comme si je n'avais jamais existé. À quelques mètres d'une station de bus, je trouvai enfin quelqu'un qui me fit asseoir et appela la police secours de son portable. Sonné par les coups que je venais de recevoir, je pris conscience que Guy n'était pas plus DRH que moi et que je me trouvais, ainsi qu'Isabelle, dans un effroyable imbroglio. Je décidai alors de me rendre chez la mère d'Isabelle après lui avoir téléphoné. Elle semblait particulièrement surprise de ce qu'il venait de se passer, bien qu'elle ait trouvé sa fille d'humeur labile lors de leur dernière rencontre. Contrainte de me recevoir sur mon insistance, elle me dit :

— Voyez un médecin avant de venir chez moi ou bien allez aux urgences, je ne veux prendre aucun risque. Imaginez que vous ayez un malaise, que ferais-je ?

Je la trouvais tout d'un coup bien empotée et assez distante à mon égard. Bref, je décidai d'aller chez elle dans l'état qui était le mien. Je me retrouvais dans son confortable appartement, avec cette décoration tendance qui ressemblait à l'architecte d'intérieur qu'elle était. Je lui redis la manière dont j'avais été agressé et le climat malsain dans lequel Isabelle devait être plongée ; un fait que j'avais immédiatement déclaré auprès du commissariat de police. Je lui fis part aussi avec beaucoup d'hésitation de la relation que j'avais établie avec ma voyante. Je lui précisai, très vite pour la rassurer, que J.M était notoirement connue et efficace dans ses clichés et que je faisais un dossier journalistique sur elle. Tout de go, je lui dis :

— Peut-être serait-il utile de la consulter afin qu'elle nous guide dans cette mystérieuse et inquiétante situation ? Qu'en pensez-vous ?

Je m'appuyais sur le fait qu'elle-même n'avait plus de nouvelles de sa fille. Elle ne s'y opposa pas, trouvant que c'était la meilleure idée dans de telles circonstances. Avec étonnement, je trouvais là une alliée. Elle me confia la mission d'en parler à Malina, d'organiser l'entretien et de la tenir au courant au plus vite. Tranquillisé, je sortis de chez la mère d'Isabelle comme si nous détenions déjà, elle et moi, les clés de cette énigme.

La journée avait passé si vite que je n'avais pas eu le temps de penser à mes blessures. À ce stade, il n'était plus vraiment utile de consulter un médecin, je prendrais un avis médical si les choses devaient se compliquer. En effet, non seulement je devais confirmer mon témoignage au commissariat, mais aussi finir un article qui comptait beaucoup pour mon avenir professionnel. Je devais aussi revoir Malina pour me permettre de finir les quelques pages qui me restaient à rédiger et me libérer, pour me consacrer ainsi à la recherche d'Isabelle. J.M pourrait probablement m'aider à la retrouver, puisque la mère d'Isabelle était d'accord pour la solliciter. Cette nouvelle entrevue me permettrait d'achever mes interviews ; un bon moyen également d'entendre Malina sur ses expériences de voyance quand elle était appelée par les autorités de la police. Ainsi, il me serait plus facile d'aborder ce qui me préoccupait profondément : Isabelle tourmentée par Guy. Parallèlement, je savais que les flics enquêtaient de leur côté, ils s'étaient en effet engagés à me tenir informé dans les plus brefs délais. Le commissaire de police que j'avais rencontré au moment de ma plainte m'avait semblé compréhensif et humain. Son physique des années 60, entre Maigret et quelque chose de l'inspecteur Colombo dans ses manières vestimentaires, inspirait confiance. Il était plutôt de corpulence forte, avec des cheveux dégarnis, mal fagoté avec des vêtements trop larges et des chaussures à peine lacées. Par ailleurs, il portait des lunettes dont la monture datait des mêmes années. Je me demandais comment il arrivait à trouver la stabilité oculaire nécessaire pour rechercher et trouver les indices sur un lieu d'un crime. Mais le tout formait un individu sérieux et empathique. Après tout, son apparence m'importait peu. Ce qui était pour moi primordial, c'était qu'il me croit, qu'il m'écoute et en tire des conclusions pour avancer, qu'il se bouge en somme. Je considérais qu'il devait être efficace, je restais donc confiant. Je comptais sur sa perspicacité pour que son enquête aboutisse. Un léger malaise au retour du commissariat m'obligea à me rendre aux urgences, d'où je ressortis, après avoir attendu presque trois heures, avec quelques points de suture et une radiographie abdominale rassurante. Je n'avais qu'une hâte : rentrer chez moi, prendre une bonne douche et me reposer un peu.

    Arrivé dans mon appartement, déboussolé, je tentai de joindre Isabelle en vain. En ce moment, où était-elle ? Après une longue hésitation, je pris la décision de téléphoner à Malina. J'avais un grand besoin de ses conseils, de ses « lumières ». Ce que je fis immédiatement.

Communiquer autrement

— Malina, pardonnez-moi, je vous dérange, mais il faut absolument que je vous parle de la mésaventure que je viens de connaître.

En m'interrompant, J.M me dit :

— Vous êtes blessé !

Je l'étais, en effet, dans tous les sens du terme. Alors que je lui demandais si elle parvenait à ressentir Isabelle, elle poursuivit sa voyance en me disant qu'elle n'arrivait pas à la capter, qu'elle devait avoir quitté la France. Après qu'elle m'avait redemandé sa date de naissance, un long silence que je n'osais interrompre me fit penser que Malina devait faire des calculs kabbalistiques enseignés par le docteur Azoulay. Tout à coup, elle m'indiqua :

— Isabelle est en fuite. Elle est en panique. Pour le moment, elle n'est pas seule. Il y a une traversée de mer ou de frontière. Isabelle ne sait plus où elle en est, comme si elle était prisonnière ou manipulée.

— Elle n'est pas seule, dites-vous, mais avec qui est-elle ? Voyez-vous un homme ?

— L'homme est assez grand, nerveux, voire dangereux. Monsieur Dominiak, je suis en pleine consultation, je vous suggère de reprendre rendez-vous à mon cabinet afin que nous puissions mieux cerner cette situation préoccupante.

Afin d'établir une communication spirituelle adaptée à la situation, J.M me passa son fils pour trouver une prochaine date et fixer un nouvel entretien. J'étais un peu déçu de ne pouvoir poursuivre au téléphone cet échange, car j'aurais bien voulu correspondre avec Isabelle par le lien télépathique que représentait ma voyante. Je restais dans un doute profond : où était Isabelle en ce moment précis ? Comment vivait-elle depuis mon agression ? Quel rapport particulier entretenait-elle avec son drôle de mentor ? Je n'avais aucun doute, Malina était bien la courroie de transmission qu'il me fallait dans de telles circonstances. En effet, son expérience à la tour Eiffel radiodiffusée sur les ondes face à de nombreux auditeurs, sa pratique professionnelle quotidienne et ses récits, notamment tirés des travaux de Lazare Soukharebski, docteur en médecine, avaient fini par me faire adhérer aux mécanismes télépathiques comme si c'étaient des phénomènes normaux. Il paraît que ce médecin spécialiste de la télépathie, dont le rapport était intitulé « La télépathie spontanée et sa signification biologique », revenait sur les moyens de communication utilisés par nos ancêtres préhistoriques lors du congrès de Moscou. Un homme pouvait transmettre à un autre homme éloigné de lui un signal de détresse, de danger, de mort... Par ce signal télépathique, il faisait ainsi passer une alerte. De la même manière, un rapport télépathique pouvait par exemple s'exercer entre la mère et son enfant. En effet, au cours du symposium de Moscou, les éminents orateurs avaient mis en exergue la sélection de personnes qui agissent par transmission de pensée. Un peu comme les liens biologiques entre la mère et l'enfant : quand la mère éprouvait des sensations douloureuses, le bébé à distance pleurait dans 65 % des cas observés.

D'après le chercheur, ce serait le développement de la civilisation qui aurait rendu inutile la communication télépathique. En tout cas, l'état émotionnel devait être fort. Le mien l'était de toute évidence. Rien de plus élémentaire pour transmettre de cette manière avec Isabelle ! Mais apparemment, « la radio de nos ancêtres » ne marchait pas avec moi. Ces expériences liées à des douleurs ou des traumatismes physiques, J.M les avait pratiqués avec les auditeurs au moment de l'évènement radiophonique de la tour Eiffel, puisqu'elle devait capter par télépathie les souffrances que pouvaient ressentir tel ou tel auditeur. Malina m'avait aussi indiqué que l'on pouvait capter des messages d'esprits ayant des âges différents. Elle faisait alors référence aux travaux auxquels elle avait participé, initiés par le docteur Alain Assailly, neuropsychiatre en lien avec l'Institut métapsychique de Paris. Les hantises survenaient pour la plupart des cas dans des maisons habitées ou fréquentées par deux sujets, dont l'un vivait l'expérience de la puberté et l'autre celle du retour d'âge. J'avoue que tout cela me dépassait un peu.

Je me retrouvai une nouvelle fois, peut-être la dernière, au cabinet de ma voyante. Son secrétariat me semblait envahi par plusieurs personnes. Son fils et secrétaire était en train de discuter avec deux autres jeunes personnes : une belle femme, assez grande, mince, vêtue d'un joli ensemble dans les beige clair, légèrement maquillée, et un homme jovial en tenue plus décontractée, aux cheveux longs, bruns et frisottants, tous deux âgés d'une vingtaine d'années. Ils avaient l'air heureux d'être ensemble et complices. Alors que je faisais un petit signe pour montrer que j'étais là, le fils de J.M me dit spontanément :

— Venez, je vais vous présenter mon frère et ma sœur.

Cette rencontre était une aubaine pour le journaliste que j'étais. Leurs témoignages viendraient enrichir mon enquête. J'eus spontanément quelques questions à leur poser. Après qu'ils se furent présentés cordialement, je leur demandai ce qu'ils pensaient du drôle de métier de leur mère.

Ma voyante avait donc trois enfants…

Je me tournai vers la jeune femme en lui demandant :

— Alors, qu'est-ce que cela fait d'être la fille d'une voyante ? N'est-ce pas trop difficile quand on découvre que sa mère a un tel don ?

— Ce n'est en effet pas si simple. Toute jeune, je n'ai pas pris conscience du métier de ma mère. Comme au début elle exerçait sa profession à la maison et qu'elle s'y trouvait tout au long de la journée, je ne voyais pas maman sortir pour travailler à l'extérieur. En même temps, elle recevait des gens les après-midi et parfois les matins, en terminant souvent tard le soir. C'était drôle parce que, malgré tout, j'avais conscience qu'il se passait quelque chose entre ces personnes et maman, on se serait cru dans un cabinet de médecin. En revanche, je ne savais pas ce qu'il pouvait se dire concrètement entre elle et ses consultants, le mystère restait bien gardé dans une pièce de notre appartement. Cet environnement discret et en même temps mouvementé donnait à notre lieu intime une drôle d'ambiance ; souvent nous étions entourés de gens curieux, fantaisistes, artistes… ce qui aiguisait notre intérêt et notre ouverture aux autres. Du coup, l'originalité du métier de ma mère donnait à l'ambiance familiale un aspect très anticonformiste et humain, voire rigolo, et cela ne me déplaisait pas, au contraire. Étant la plus âgée des trois, j'aidais parfois maman qui venait de perdre notre père d'un cancer généralisé à l'âge de 45 ans. Elle a donc été veuve très jeune, à 36 ans. Il fallait en effet qu'elle se charge rapidement des économies de la petite famille que nous formions tous les quatre, ainsi que notre éducation. Ce n'était pas toujours facile, du fait qu'elle était très accaparée par ces visites permanentes. Généreuse de caractère, elle aimait rire et savait se détendre avec nous, mais son sacerdoce m'apparaissait plutôt étrange. La pièce de l'appartement qui lui servait de bureau était accueillante, pas de boule de cristal et autres grigris, mais des tableaux, des icônes religieuses, des photos de célébrités. Ce décor de travail, vous le retrouvez d'ailleurs ici, il l'a suivi dans tous nos déménagements.

— Comment cela se passait-il à l'école, avec vos camarades, vous arriviez à en parler ?

— Non, très peu. Il m'était très difficile d'en parler à mes amis, au lycée ou ailleurs. Je vivais son métier comme un secret à ne pas divulguer. J'aurais dû donner trop d'explications et j'avais peur aussi, sans doute, d'être considérée comme la fille d'un charlatan. Même si je respecte la profession qu'elle exerce et qui, aujourd'hui, continue à ne pas être reconnue, j'avoue ne pas aborder cette question avec mes relations actuelles. Je me rappelle pourtant lui avoir posé des questions sur la réussite de mes examens au lycée, ou plus tard pour un rendez-vous professionnel. Elle ne refusait pas de répondre à mes interrogations et ses prédictions étaient justes. Il n'y avait aucun doute sur la précision de ses réponses, mais en même temps ces questionnements me mettaient parfois mal à l'aise, comme un frein à maîtriser mes propres émotions. Comment décider de sa vie si le destin est prévisible ? Comment prendre les rênes de sa vie si tout est joué ? Ces questions, je me les pose encore. N'y a-t-il qu'une route prédestinée ? Difficile de faire des choix, notamment les bons. J'ai donc préféré laisser faire mon libre arbitre avec les erreurs d'aiguillages éventuels.

— Comment cela se passait-il avec ses clients ?

— La relation a toujours été très chaleureuse. Maman est dans une approche humaine et compréhensive, très déterminée dans ses clichés et crédible. Les gens l'adorent. D'ailleurs, à l'époque, ils pouvaient attendre des heures pour la consulter, et c'est encore le cas. Maman est rassurante, convaincante, avec cette certitude d'être utile aux autres ; en somme, de faire ce pour quoi elle est faite ! Une vraie force de vie. Sans doute, si elle l'avait pu, elle aurait été disponible jour et nuit pour sa clientèle. Je pense qu'elle aurait aimé être médecin de famille, mais elle n'a pas eu les moyens de faire des études longues et coûteuses, elle a dû travailler très tôt. Il me revient une anecdote : un jour, alors que nous prenions le métro ensemble, elle m'expliqua pourquoi elle ne voulait plus prendre les transports en commun. Elle me dit : « Tu vois tout ce monde, je vois trop de choses, je capte trop les problèmes des passagers, je vois ce qui peut leur arriver... trop de visions ». Je compris alors que ce métier pouvait aussi l'épuiser. Sinon, elle me parlait très peu de sa clientèle. C'est bien que vous puissiez faire cette petite enquête, ainsi ses souvenirs ne disparaîtront peut-être pas avec elle.

— L'anecdote que vous évoquez laisse entendre qu'elle peut être perturbée par certaines situations. Qu'en est-il exactement ?

— Je pense que c'est surtout quand maman est confrontée à des clichés qui révèlent de graves maladies, notamment chez les enfants, ou des morts prochaines ; comment leur dire, comment prédire une fin douloureuse, faut-il en parler ou se taire ? J'ai vu des gens écroulés, bouleversés, en larmes, après avoir eu des conversations avec leurs disparus par l'intermédiaire de ma mère. Ils étaient envahis d'une émotion extraordinaire. J'ai personnellement le souvenir d'une prédiction qui s'est révélée vraie à un moment critique et douloureux pour moi. C'est un peu trop intime pour la révéler, mais j'avoue que la prédiction m'a beaucoup affectée. Maman est maintenant connue « sur la place de Paris ». J'apprécie sa notoriété, mais beaucoup plus pour elle que pour moi. Pour ma part, je n'ai jamais mis en avant son succès. Maintenant, je comprends mieux son métier et je réalise tout le bien qu'elle a fait auprès de personnes dont les situations ont été parfois dramatiques, qui avaient grand besoin de soutien et de clairvoyance. En même temps, c'est un métier dur qui nécessite beaucoup d'énergie, de professionnalisme et de sérieux, d'honnêteté. C'est la raison pour laquelle je ne suis pas favorable à toute forme de vulgarisation un peu grossière sur la voyance et « autres pythies », je déteste ces émissions racoleuses ! ajouta-t-elle.

— Aimeriez-vous faire ce métier ? Avez-vous ce don ?

— Non, je n'aimerais pas faire ce métier, trop de malheurs à écouter, trop de drames. Il faut être disponible, il faut être douée en somme pour supporter la douleur des autres. Il y a plus souvent de drames à raconter que de bonheurs. Il faut pouvoir supporter ces ondes parfois lourdes. Non, pour moi le paranormal est impossible ; ce qui, probablement, doit contrarier ma mère, car elle me dit souvent que je suis intuitive. Je fais parfois des rêves prémonitoires, je tire un peu les cartes, mais cela reste un jeu, en tout cas je n'ai pas de visions de clairvoyance. Comment rivaliser avec une voyante qui a conseillé d'importantes personnalités au plus haut niveau de l'État ? Bizarrement, maman m'a légué malgré tout le goût pour l'avenir. Je travaille dans le monde de la mode et donc de la nouveauté, et ce qui m'enchante le plus, c'est d'être en avance sur mon temps. C'est peut-être aussi un moyen de prédire l'avenir.

— Ah ! Je vois votre maman qui vient me chercher, je vous abandonne. Je vous remercie pour votre témoignage, je ferai en sorte que l'article ne vous déçoive pas.

Je tentai de poser les mêmes questions au frère de l'assistant de Malina, mais en vain. Il ne souhaitait pas témoigner pour le moment et, avec un sourire, il me dit :

— Nous verrons, peut-être plus tard. Je suis un pragmatique et j'aime bien m'accrocher aux choses du réel.

Je n'insistai pas et suivis J.M dans son bureau de consultation.

— Bonjour Malina. Je viens de faire connaissance avec vos enfants. Votre fille m'a dit que vous aviez commencé à travailler très tôt et que votre don vous avait permis de faire des rencontres positives.

— Prenez place, monsieur Dominiak. Oui, en effet, j'ai travaillé très jeune, dès 14 ans. Je ne suis pas issue d'une famille aisée et, très tôt, il m'a fallu occuper un emploi salarié pour apporter ma contribution financière au foyer familial. Ma première embauche s'est faite dans des conditions particulières. Alors que je cherchais un employeur, ma motivation était sans borne. J'eus tout à coup le sentiment que j'allais trouver bientôt la bonne personne qui me ferait confiance. Que ce n'était pas loin de la rue Chanconnet à Argenteuil, à proximité de la rue Henri Barbusse, et que je pouvais même décrire mon futur patron. Il serait grand avec des cheveux roux aux yeux clairs, la quarantaine passée. Il serait couvert d'une légère poussière blanche, porterait un pantalon à petits carreaux bleus, un maillot de corps sans manches de type marcel et des spartiates marines. C'est en faisant des courses que je le reconnus. Il était là, à deux pas de notre domicile, à la caisse de la boulangerie où nous allions de temps en temps quand celle qui nous servait d'habitude était fermée. Une affichette manuscrite sur la vitrine indiquait « Cherche apprentie vendeuse ». Au moment de régler mon pain, je lui dis : « Vous cherchez toujours votre apprentie ? Je suis intéressée ». Le contact fut concluant et je réussis à décrocher mon premier job, en grande partie grâce à la vision que j'avais eue et à la confiance qu'elle m'avait procurée.

Cette première expérience fut difficile, car il fallait que je me lève tôt, que je donne un coup de main à la fabrication du pain ; tantôt serveuse, tantôt aide-caissière, tantôt aide-ménagère, rien ne m'était épargné. Ce n'était pas bien grave, de toute manière mon avenir n'était pas là, c'était tracé ! D'autant que les flashs se multipliaient au fur et à mesure du temps. À la maison, tout le monde commençait à prendre conscience que j'étais douée pour quelque chose qui ne s'expliquait pas et qui pouvait même effrayer. Heureusement, à part quelques remarques comme : « Toi qui vois tout, qu'est-ce qui va bien pouvoir nous arriver aujourd'hui ? » que répétait régulièrement ma grand-mère, cet état de choses était globalement accepté, en particulier par les femmes de la maison. Mon beau-père Julien, garagiste, qui ne me portait pas dans son cœur, m'ignorait et ne s'intéressait donc pas à moi. Le seul intérêt qu'il pouvait tirer de mon existence, c'était la monnaie sonnante et trébuchante que je pouvais éventuellement rapporter à la maison. De toute manière, si ce n'était pas le cas, il savait me le faire payer autrement. J'ai le souvenir de punitions marquantes, comme des séjours à la cave derrière une porte fermée, dans le noir. Aujourd'hui, il pourrait être poursuivi. Dans les années 40, on ne dénonçait pas ces attitudes déviantes. Ma mère Angèle, effrayée, ne disait rien et acceptait passivement ces leçons particulièrement traumatisantes. Ces projections révélatrices m'ont probablement poussée à m'autonomiser. Inconsciemment, j'ai dû les développer dès l'âge de mes 14 ans pour me sortir des griffes de mon beau-père, voire d'une certaine forme d'indifférence de ma mère, à laquelle je tenais malgré tout. Heureusement, nous avions souvent des fous rires, ma mère et moi. Ceux-là mêmes qui vous font dépasser toutes les injustices auxquelles vous pouvez être confronté. Ces moments, je ne les oublie pas non plus, ils m'ont permis de poursuivre le chemin qui est le mien et de forger ce don de clairvoyance que j'ai mis au service de l'autre. Ma résilience, peut-être ? Mais apparemment, vous ne veniez pas pour m'interviewer. Une question personnelle semble vous préoccuper. Allez, je vous écoute.

— C'est vrai, je vous ai eu au téléphone car il faut absolument que je vous dise qu'Isabelle a disparu. Je ne sais pas trop ce qui s'est passé. Elle est prise dans un engrenage, je suis très inquiet. Je suis allé voir sa mère comme vous me l'aviez suggéré, mais elle n'est pas chez elle. Qu'en pensez-vous ?

Pour l'aider dans sa vision, je donnai à ma voyante les détails de l'épisode que j'avais vécu et de la plainte faite à la police. Je lui dis qu'en la consultant, je répondais aussi aux craintes de la mère d'Isabelle.

Malina notait de nouveau des chiffres sur son papier à en-tête, notamment la date à laquelle cette histoire était arrivée, le jour de la naissance d'Isabelle et la mienne. Elle se ferma d'un coup. Avec un visage légèrement crispé, Malina m'annonça gravement que mon ex-petite amie était en danger, elle n'était sans doute plus en France. J.M la captait dans un pays chaud, dans un lieu proche de brindilles sèches ou exotiques, il y avait comme des cactus, des plantes mortes avec des tiges brunes, des gravats, des pierres avec une terre sablonneuse… L'environnement qu'elle ressentait était sec et sauvage.

— Pouvez-vous la voir, lui parler ? poursuivis-je sur un ton légèrement pressant.

Malina, tête baissée, me répondit bizarrement. Je ne la comprenais plus. Ses paroles étaient étranges, elle me semblait baragouiner. À plusieurs reprises, je lui dis que c'était inaudible. J'avais l'impression qu'elle me parlait dans plusieurs langues étrangères mélangées. Dans une conscience qui paraissait modifiée, elle continuait malgré tout d'écrire, comme la transcription de son expression inécoutable.

— Je ne vous comprends pas, Malina, que me dites-vous ?

C'est seulement après une dizaine de minutes que J.M reprit ses esprits, légèrement oppressée, son visage pâle, regardant ce qu'elle avait noté, et me dit :

— Je vois une femme derrière un petit mur aux pierres sèches, elle respire mal, elle semble dévêtue. C'est Isabelle. A-t-elle l'habitude de porter un collier ? Je perçois un collier de perles cassé, des perles sont tombées et éparpillées.

Isabelle, en effet, le mettait de temps en temps. C'est sa mère qui le lui avait offert à la suite d'un voyage en Chine. Je me rappelle d'ailleurs que ce cadeau l'avait surprise, car il ne lui était pas destiné. Sa mère voulait depuis longtemps un collier acheté directement en Chine avec des perles issues de l'huître Akoya, d'une grosseur bien précise, blanches avec des reflets ivoire et rosés ; celles qui avaient rivalisé avec les plus belles perles du Japon. Peut-être voulait-elle ressembler à la cantatrice Maria Callas, collectionneuse de bijoux qui aimait porter régulièrement des colliers de perles. Moins d'un mois après l'avoir mis à son cou, sa mère ne le trouvait plus suffisamment à son goût. Ces perles, à ses yeux, lui donnaient un visage peu attrayant alors qu'elle le préférait rayonnant.

Complètement tourmenté par cette révélation et troublé par l'état de Malina, je n'arrivais plus à trouver le calme. Je devais me raisonner et je m'obligeai à dominer mes émotions afin qu'elles ne m'envahissent pas. Je tentai, avec beaucoup de retenue, de reprendre le cours de l'interview, en adoptant une posture de journaliste qui ne collait plus avec la réalité que je vivais. Avec beaucoup de difficulté, je revins au drôle de comportement de Malina et je réussis à lui demander :

— Excusez-moi, mais pouvez-vous m'expliquer cette espèce de malaise prémonitoire que vous venez d'avoir ? Cela me trouble beaucoup.

— Ne vous inquiétez pas ! J'ai l'habitude de ces réactions. C'est une forme de transe incontrôlable. Elle me permet de parler avec des personnes disparues dans différentes langues que je n'ai pas apprises. Ce sont souvent des langues lointaines du passé. Mon ami le docteur Azoulay m'a dit qu'il s'agit de xénoglossie. Des expérimentations ont été faites au début de mon installation professionnelle avec l'Institut métapsychique international et au moment de mon passage sur Europe 1 depuis la tour Eiffel. C'est malgré tout à chaque fois une épreuve que je surmonte avec détermination, mais le lâcher-prise doit aussi s'opérer rapidement. D'ailleurs, juste avant mon test radiophonique en direct, j'ai posé sur un papier, que j'ai encore, mes doutes et mon nervosisme à cet égard. Était-ce la fin de ma clairvoyance ? Ou au contraire la prolongation d'une force constante que mes guides voulaient bien me donner ?

— Mardi 22.11.1960 —

En haut de cette Tour Eiffel, 19h30 — dernier jour du Match — Kosmos — humains — (télépsychie) Ma forme Spirituelle et mystique est grande, mais mon nervosisme l'est encore plus — est-ce la fin de ma clairvoyance, ou au contraire la prolongation d'une force constante que Dieu et mes bons guides veulent prolonger à mon égard !......

Le temps me donnera la réponse après .... l'Emission inventée par les hommes !

Les doutes de Malina avant le direct de la tour Eiffel

Le temps a prouvé que ces expériences fonctionnaient avec moi, comme une réponse aux préoccupations des autres. Vous retrouverez facilement les travaux de l'un des fondateurs de l'Institut métapsychique international, le professeur Charles Richet, agrégé de physiologie, qui, dans les phénomènes psi, a classé celui-ci comme de la xénoglossie. Il avait noté que cela se présente sous deux formes : d'une part « un jargon incompréhensible et vide de sens, d'autre part un langage fictif mais intelligible, possédant une structure grammaticale et un vocabulaire constant, une création subconsciente ». J'avais aussi annoncé les évènements révolutionnaires de Cuba, initiés par Castro, grâce à un message d'esprits désincarnés transmis en xénoglossie, dans un dialecte qui m'était complètement inconnu et que le reporter Louis Lamarre avait fait traduire par un interprète spécialiste dans les langues orientales. Parlez de ces expériences dans votre article pour que des recherches se poursuivent sur ces phénomènes.

Pour en revenir à vous, reprenez vite contact avec la police, car il doit y avoir des choses qui ont abouti.

Je quittai J.M sur cette recommandation pour rencontrer le commissaire saisi de l'affaire et lui donner ces indices. Je prévins aussi la mère d'Isabelle, stupéfaite par ce cliché. Je n'étais pas certain qu'elle réalisait complètement la scène que j'avais vécue. Le commissaire que je réussis à voir ne me semblait pas non plus choqué par les flashs de ma voyante. J'en profitai pour lui demander tout de go :

— Où en êtes-vous, commissaire ?

— On avance, monsieur Dominiak. Il n'y a pas de certitude, mais j'ai deux réponses à vous apporter. D'une part, les enquêtes sur les téléphones portables d'Isabelle ne donnent rien, ils n'ont pas été utilisés depuis sa disparition. Aucune allée et venue n'a été enregistrée dans le voisinage de son domicile et les perquisitions n'ont rien donné. Nous attendons quelques précisions sur les opérations bancaires de mademoiselle Petit. D'autre part, une piste intéressante : nous pensons avoir trouvé celui qui la manipule. Il aurait été arrêté par nos collègues d'Aix-en-Provence dans une chambre d'hôtel qu'il occupait seul. Une perquisition est en cours. S'il s'agit de notre bonhomme, nous allons le transférer. Je vous demanderai alors de venir pour voir si vous le reconnaissez. Nous aurons peut-être besoin de le confronter. Nous allons aussi vérifier auprès des voyagistes habituels si une Isabelle Petit a été listée pour un départ inopiné par avion ou train. Tenez-vous prêt, je vous contacterai au plus vite.

Ces informations me donnaient quelques espoirs de retrouver Isabelle, d'autant plus que le commissaire évoquait la piste de Guy dans le sud de la France et que J.M avait parlé de cette région. Le pronostic de J.M me rappelait les autres flashs qu'elle avait pu avoir lors de mes précédents entretiens sur sa clairvoyance. Elle m'avait évoqué l'inquiétude de ses clients. Ce fils d'une cliente, par exemple, qui était pilote. Alors qu'il devait, depuis la France, récupérer des passagers en Espagne avec son avion de tourisme, il n'était jamais arrivé à destination. On s'interrogea pendant des jours, on enquêta partout, rien, nulle trace... Des semaines passèrent et les parents du jeune pilote, désespérés, eurent recours à J.M. Seule parmi toutes et tous, elle dit : « Votre fils est mort... je le vois courbé en deux... des gouttelettes d'eau aspergent son visage... il fait très froid... ». C'est à la suite de cette déclaration que l'on retrouva le disparu dans les Pyrénées, près d'un ruisseau de montagne, plié en deux dans son appareil brisé. Ces tristes révélations m'avaient mis mal à l'aise et ne me rassuraient pas dans la situation que je vivais. De plus, cette expérience contrastait avec la personnalité de Malina, qui était une personne avant tout optimiste, ouverte aux autres et à la vie, sachant sourire et rire, notamment avec ses enfants et ses amis. D'ailleurs, les tableaux fixés aux murs de son cabinet en disaient long de sa psychologie ; son monde me semblait bien être du domaine de l'universalité. Ces prédictions dramatiques devaient aussi la bouleverser. J'avais en tête ses souffrances personnelles au moment où elle avait capté le décès de son mari ou bien celui de son grand-père avec plusieurs détails très précis. Elle voyait alors le bras de son grand-père complètement gangréné. On lui avait, à son décès, découvert une maladie indéterminée qui a été identifiée plus tard comme étant d'origine cancéreuse. Le radius de son bras en était le siège.

Ma rédaction m'avait rappelé que mon article devait maintenant être rendu. Il fallait donc que je surmonte mes émotions et que je me concentre sur mon papier. Je relis donc attentivement les questions que j'avais posées à ma voyante et les réponses que je trouvais pertinentes pour enrichir mon sujet sur la voyance. Je voulais aussi évoquer la manière dont pouvait s'auto-analyser Malina dans sa pratique.

— Malina, avez-vous connu des échecs ? Répondez franchement.

— Oui bien sûr, cela m'est arrivé. Mais on attribue souvent aux voyantes des erreurs qui, à mon sens, n'en sont pas. Ainsi, il y a certains évènements qu'on ne voit pas alors que dans le même temps, nous avons prédit d'autres faits. Je crois qu'il faut considérer la voyance, non comme un tissu qui recouvre tout, mais comme un filet qui laisse passer bien des choses. Une très jeune femme m'a fait remarquer dernièrement qu'en lui décrivant l'évolution d'un amour qu'elle commençait à vivre, je lui avais dessiné le physique de... mettons Paul, mais que j'avais aussi rapporté des faits survenus alors que quelques mois plus tard elle était aimée de... mettons Bernard. Ce qui s'est passé, c'est que son amour avec Paul avait tourné court. Comme j'avais vu son histoire sentimentale avec Bernard, j'avais lié le tout dans mes révélations. Il y avait eu un « trou » dans ma voyance. J'ai laissé dans l'inconnu le passage où était inscrite la rupture avec Paul et le début du nouvel amour avec Bernard.

Autre source d'erreur, les possibilités qui ont été évacuées par la personne que nous conseillons. Je m'explique : au moment où un client cherche une situation. Par exemple, je le vois en même temps occuper un emploi de vendeur, de comptable ou de représentant. Il est évident qu'il n'acceptera que l'un de ces emplois. Il n'aura peut-être même pas l'occasion de connaître les deux autres possibilités parce qu'à la première offre, il aura probablement cessé ses recherches. Eh bien, il pourra me dire un jour : « Vous m'avez déclaré que je serais représentant ou vendeur alors que je suis maintenant comptable ». Il est facile alors de qualifier cette erreur de charlatanisme.

— Ce n'est pas le cas ? insistais-je.

— Non, évidemment. Mais les interprétations les plus folles peuvent être prises comme des réponses. De là à penser qu'elles sont objectives, je n'en suis pas certaine ! Nous l'avons évoqué ensemble, la voyance n'est pas une science exacte. En faire une analyse a priori sans prendre le recul nécessaire peut engendrer des avis hasardeux et alimenter la presse et les horoscopes du jour. En fait, c'est plus complexe que cela. Savez-vous par exemple que l'attitude, le comportement du client, sa manière de se tenir et ses émotions sont des indicateurs pour ma concentration psychique ? C'est un environnement physique et verbal propice à la voyance, car il parle aux sens du voyant. Pour autant, tirer des enseignements d'une physionomie, voir qui l'on a en face de soi, un bilieux ou un sanguin, ne suffisent pas à conjecturer que le bilieux est condamné au régime et le sanguin guetté par la congestion. Les personnes dont le don a disparu, ou qui n'a même jamais existé, utilisent parfois très adroitement la science des visages, la physiognomonie. Il faut alors s'interroger sur le sérieux de la prédiction. Mais il est vrai que les vêtements, les bijoux et la façon de se présenter donnent également des indications précieuses à qui sait les voir. De plus, il y a des clients qui parlent inconsidérément et étalent leur passé. Il y a même des visiteurs qui, ignorant toutes ces petites techniques, posent d'emblée la question qui les préoccupe. Le travail de déduction est ainsi facilité, en particulier pour un pseudo-voyant. Dès lors, imagination et psychologie font le reste, sans qu'aucune voyance pure ait jamais lieu. En ce qui me concerne, c'est simple, je ne souhaite pas que l'on me révèle quoi que ce soit. Vous le savez, je remets une feuille où j'écris mes prédictions. Il est préférable de la conserver et de la relire de temps en temps, surtout lorsque l'on est découragé. On voit ainsi que les ennuis qui nous assaillent ne sont souvent que des péripéties sans réelle durée. Lorsqu'il s'agit d'évènements tragiques, je pense qu'il est peut-être mieux de les anticiper pour mieux se protéger. En agissant, on prend les choses en main au lieu de se laisser écraser par la fatalité et, surtout, on peut parfois éviter des drames à condition d'intervenir à temps. Dernièrement, au cours d'une consultation que j'ai donnée à une hôtelière normande, je lui ai dit qu'un danger venant de l'eau guettait son mari, un virus aux graves conséquences, et qu'il risquerait sa vie si on ne le faisait pas hospitaliser au plus tôt dans un service spécialisé. J'ai appris qu'à la suite d'un bain pris à Cannes, la personne en question a eu des douleurs de plus en plus fréquentes accompagnées d'hémorragies internes. Il vient seulement d'entrer dans un hôpital parisien, mais je crains bien qu'il ne soit trop tard.

— À côté de ces drames, y a-t-il des pronostics plus cocasses ?

— Un jour, une consultante me dit : « Regardez, je viens d'acheter cet ensemble pour plaire à mon amoureux, c'est bien, non ? ». Je sentais plutôt que cette tenue vestimentaire ne plairait pas à son ami. Je lui conseillai donc de changer pour une robe plus sobre, qui conviendrait mieux. Alors qu'elle n'avait pas prêté attention à ma recommandation, trois jours après, elle me téléphona en pleurs. Elle m'annonça que son compagnon lui avait fait une scène terrible et qu'il ne voulait certainement pas sortir avec elle tant qu'elle resterait avec cet ensemble trop coloré à son goût. Ce type de consultation, je l'avoue, me change un peu des drames qui peuvent m'être confiés. Cela prouve que je suis réceptive à toute question qui peut m'être posée, même si certaines d'entre elles peuvent paraître futiles.

— Vous-même, consultez-vous d'autres voyants ?

— Je suis assez indépendante et je communique peu sur mes soucis. Il faut établir une relation de confiance et bien se connaître entre professionnels, c'est pourquoi je m'adresse possiblement à Marcel Belline, car nous savons quelles peuvent être nos pratiques et émotions respectives. Toutefois, aucune consultation ne m'a vraiment convaincue. Je crois qu'étant médium moi-même, je gêne et stérilise même toute prédiction à mon égard. Mais cela n'a pas tellement d'importance, car j'arrive à créer mes propres clairvoyances. C'est vrai pour moi et pour mon environnement familial.

— La vérité est-elle toujours bonne à dire ?

— Je dévoile mes prédictions comme elles viennent. On peut dire, en effet que c'est une sorte de vérité. Si celle-ci permet de prévenir ou guérir, il vaut mieux alors la dire. Je suis néanmoins attentive à la sensibilité de la personne qui est en face de moi et à la manière dont elle va accueillir mes propos. Il y a sans doute une forme d'automatisme dans la voyance, qu'il est imprudent d'interrompre. J'ai reçu il y a quelques années une belle jeune femme à l'air heureux, portant vison et diamants. Elle était venue me voir par curiosité. Sitôt qu'elle a été assise en face de moi, les « clichés » les plus inquiétants me sont parvenus : fin de sa brillante situation, deuil, voyage douloureux. Elle s'est levée, incrédule, en me disant : « Vous n'êtes sans doute pas très bien aujourd'hui, je reviendrai ». La visite qu'elle m'a rendue trois mois plus tard n'a pas été heureuse. Son proche avenir paraissait de plus en plus sombre. Je la voyais pleurer, recevoir des coups, être poursuivie, traquée et, pour finir, retourner dans son pays natal, seule et dans le plus grand dénuement.

Il n'y a pas longtemps, une femme en noir, maigre et pauvrement habillée a pris place en face de moi. Je ne l'ai pas reconnue... c'était ma belle jeune femme d'autrefois. Elle m'avait dit qu'elle reviendrait me voir, mais elle n'avait probablement pas pensé que ce serait dans ces conditions. En fait, elle avait perdu son mari dans des troubles en Afrique. Elle était restée vivante grâce à sa fuite et à l'abandon de tous ses biens. Elle gagnait péniblement sa vie avec un emploi de secrétaire. Cette fois, pourtant, j'ai pu lui dire que son avenir allait s'améliorer, qu'elle épouserait d'ailleurs un compatriote qui la rendrait heureuse. Eh bien, elle m'a crue, parce que son destin était à nouveau meilleur.

— Connaissez-vous d'autres phénomènes qui vous paraissent intéressants ?

— Je pense qu'il est possible de mieux exploiter ce qui est du domaine de la psychométrie.

— La psychométrie ?

— Il s'agit de l'aptitude à percevoir les imprégnations fluidiques des objets ou des personnes et les images astrales imprégnées de l'aura d'une chose ou d'une personne. Chaque individu ou chose laisse une trace empreinte de radiations, issues de ceux qui les ont touchés. Une portion de cette aura retient ainsi les évènements auxquels les objets ont été mêlés. C'est pourquoi, quand un psychomètre aguerri place un objet sur son front en se concentrant profondément pour « le faire parler », il perçoit peu à peu une série d'images relatives au destin de l'objet.

— Malina, avez-vous un exemple à me donner ?

— Je vais prendre l'exemple de Papus, qui était un médecin et occultiste de la Belle Époque. Il fit une expérience auprès de savants et d'écrivains pour assurer sa crédibilité, accompagné d'un psychomètre à qui quelqu'un offrit une montre ancienne pour sa divination. Une cour royale et un duel apparurent en clichés, puis une scène de la Révolution où une vieille femme montait à l'échafaud, puis une scène d'hôpital... Le possesseur de la montre, ébahi, dit que cet objet venait en effet d'un ancêtre tué lors d'un duel sous Louis XV, qu'il était passé ensuite entre les mains d'un aïeul guillotiné sous la Terreur, et que lui-même avait pris cette montre le jour où il devait être opéré dans un hôpital.

— Pensez-vous vraiment qu'un objet peut porter une histoire ?

— Bien sûr et cela peut être bénéfique, ou pas d'ailleurs. C'est une sorte de « rayonnement invisible » à l'œil, mais perceptible par les êtres hypersensibles et fortement intuitifs. C'est cela, l'aura. C'est ce rayonnement qui explique la sympathie, l'antipathie, voire l'empathie.

— Peut-on tous faire de la psychométrie ?

— Il faut d'abord être puissamment motivé et y croire. Être ouvert à l'autre et bienveillant. Alors, sans doute, chacun a plus ou moins cette faculté. On peut s'exercer très régulièrement, s'abstraire de ses pensées courantes pour obtenir une passivité mentale, poser un objet sur son front en le maintenant et, dans le même temps, obtenir possiblement une série d'images qui en racontera l'histoire à grands traits.

— Pour en revenir à votre clientèle, quelle personnalité politique ou artistique avez-vous préféré recevoir ?

— Je vous l'ai dit, je reçois tout le monde de la même manière et mon rapport à l'autre est identique, sincère. Certaines rencontres m'ont frappé, car elles étaient souvent conversationnelles, entre clichés et sujets divers ; toujours dans le respect, souvent très prenantes, voire émouvantes quelquefois, avec une érudition marquée pour telle ou telle matière. Mes échanges avec le chanteur Demis Roussos ou Mick Micheyl abordaient des points touchant à la spiritualité, au paranormal : c'étaient des personnes qui croyaient à l'au-delà. J'aimais aussi mes apartés avec des hommes politiques, en particulier quand il s'agissait d'aborder des sujets délicats comme la mort. Je pense à cet égard à un personnage au plus haut niveau de l'État qui, sans doute, avait besoin d'être rassuré sur la vie après la mort. Tous ces moments, bien sûr, sont très forts pour moi comme voyante, mais aussi intellectuellement parlant. Sachez que je n'en dirai pas plus sur cette personnalité.

Je quittais ma voyante, prêt à boucler mon papier. Elle m'avait demandé de le relire avant sa publication, ce qui m'apparaissait normal compte tenu de sa particularité. Il était inopportun de revenir sur la question qui me torturait en ce qui concerne Isabelle. Nous nous étions quittés trop rapidement, ce que je regrettais. Fallait-il que je me contente du « tenez-moi au courant » de Malina ? Non, probablement pas. De retour à mon domicile, je me mis à écrire mon article en reprenant mes papiers et les témoignages recueillis de Malina, quand le téléphone sonna.

Je me précipitai pour décrocher le combiné, j'avais comme un mauvais pressentiment ; et si on m'annonçait le décès d'Isabelle ? Je tenais difficilement l'appareil, la gorge serrée.

— Monsieur Dominiak, pouvez-vous venir de toute urgence au commissariat ?

Je reconnus la voix du commissaire.

— Que se passe-t-il ?

— Nous aurions besoin de vous montrer quelques photos d'une personne retenue chez nos collègues d'Aix. Nous voudrions savoir s'il s'agit de votre agresseur, dans l'éventualité de son rapatriement.

— Vous pensez que cela vous permettra de mieux suivre la trace d'Isabelle ? C'est cela qui compte pour moi.

— Oui, sans doute, venez dès que possible, je vous attends.

Je laissai tout tomber et je me dirigeai très vite vers le commissariat. Sur le chemin qui m'en séparait, mon cœur battait à cent à l'heure, toutes les images de cette aventure me revenaient, je revoyais aussi la vie commune avec Isabelle, nos disputes, mais aussi nos rires, je pensais à notre complicité… Et si je tentais de prendre un objet lui appartenant, peut-être pourrais-je tenter la psychométrie ? En tout état de cause, le temps était venu de rester calme et réfléchi pour consulter les photos que le commissaire s'était procurées. J'arrivais, essoufflé, en nage, inquiet.

Le commissaire m'attendait et m'entraîna dans son bureau. L'ambiance y était mouvementée, des gens patientaient, les téléphones sonnaient… Le brouhaha ambiant m'empêchait de rester détendu.

— Asseyez-vous, monsieur Dominiak. J'ai besoin de votre collaboration car l'arrestation de la personne dont je vous ai parlé peut nous aider à remonter jusqu'à Isabelle. Je vais vous remettre cinq photos et je vais vous demander de m'indiquer très précisément si vous reconnaissez l'un ou l'autre de ces personnages. Prenez tout le temps nécessaire. Voulez-vous un café ou un verre d'eau ?

Le commissaire faisait tout pour me rassurer. Il me tendit les photos pour que je les pose sur son bureau. Je me sentais confiné dans ce local peu éclairé où il travaillait. Seuls une lampe réglable et des dossiers en désordre trônaient sur le meuble imposant. Je pris en main chaque photo : elles étaient en noir et blanc sur papier glacé, de quoi me refroidir. D'office, après quelques minutes, j'en écartai trois. Rien à voir avec Guy, des personnes sortant de prison sans doute. Je passai aux deux autres et, après quelques hésitations, mon regard fut particulièrement attiré par les attraits musculeux et séduisants d'un homme aux cheveux grisonnants. Le temps de reprendre mon souffle et ma réponse fut sans détour et tombante comme un couperet :

— C'est lui !

— Vous êtes certain, monsieur Dominiak ? me dit le commissaire.

— Absolument, répondis-je fermement.

— Très bien, nous allons prendre contact avec nos collègues pour récupérer au plus vite ce prétendu assaillant. Bon, je vous libère, mais évitez de quitter Paris si vous le pouvez, car pendant le contrôle d'identité que nous allons opérer, je souhaite que vous puissiez revenir nous voir, rétorqua le commissaire avec un petit sourire presque narquois.

J'avais le sentiment, tout à coup, qu'il me mêlait un peu trop aux agissements de Guy. Bon, certes, nous avions peut-être récupéré le mentor d'Isabelle, mais de là à me solliciter en permanence… Bref, je quittai de nouveau le commissariat un peu perdu. L'air frais me fit du bien et cette bolée d'oxygène me permit d'échapper à l'angoisse qui me prenait encore.

Arrivé à mon domicile, je repris mes notes sur la psychométrie. J'avais envie instinctivement de fusionner avec le pull préféré d'Isabelle. Elle le mettait souvent, quelle que fût l'occasion. Ce pull avec un décolleté en V était d'une douceur extrême, probablement en mohair ou en cachemire. Il était de couleur pralinée et allait admirablement à la rousseur de ma compagne. Son parfum des plus intimes émergeait encore. En le touchant, je me rappelai ces moments où nous nous prenions dans les bras. Ce vêtement fluide était parfait pour capter l'histoire récente d'Isabelle, enfin du moins le pensais-je. Malina m'aurait sans doute encouragé à tenter l'expérience. Comment devais-je m'y prendre ? Le mettre sur mon front suffisait-il pour accueillir l'aura me guidant vers elle ? L'incorporation serait-elle efficace ? J'en doutais. Je pris donc l'initiative de retirer ma chemise et mon polo et, torse nu, j'enfilai ce chandail magique qui se portait un peu large. À ce moment précis, je me trouvais en osmose avec la personnalité d'Isabelle, je me prenais presque pour elle. Seul le miroir à proximité me ramenait à plus de lucidité : je n'étais pas elle, pourtant je me sentais bien dans ce pull agréable à porter. À part cette sensation moelleuse, j'avoue que j'avais un peu de mal à canaliser mon énergie pour visualiser le tracé de mon amie.

Je m'assis face à mon bureau, fermai les yeux et pris le temps de me détendre. Au fur et à mesure, j'arrivai enfin à décompresser et à avoir quelques visions. Ma première impression fut d'être face à une lumière dont l'intensité augmentait, passant de l'orange au jaune brillant. Et puis, je me trouvai sur un chemin sans paysage particulier, avec de grands vides profonds. J'avais du mal à marcher, trébuchant de temps à autre, au point de ressentir une douleur aux chevilles et aux genoux. J'étais comme attiré par cette luminosité, sans véritablement l'atteindre. Mes pas étaient saccadés, quelquefois lents, parfois rapides, et les abords du sentier où je me trouvais étaient particulièrement accidentés. Tout en continuant à avancer, je vis un oiseau sur une branche morte. Je m'approchai de lui. Il ressemblait à une colombe, mais son plumage n'était pas blanc. Cette image me faisait penser au cliché de Malina. Toutefois, cette bête était sombre avec des nuances marron et noires, j'aurais pu le confondre avec un corbeau. L'oiseau ne bougeait pas et m'ignorait totalement. Alors que je lui tendais la main, comme pour l'apprivoiser, il disparut et le sol se déroba brutalement sous mes pieds. La sonnette stridente de mon appartement me fit sursauter, rendant impossible toute somnolence rêveuse. J'ouvris péniblement la porte de mon appartement. Je fus surpris de voir la mère d'Isabelle. Elle était venue très rarement, juste une ou deux fois pour apporter des affaires à ma compagne. Particulièrement étonné, je lui dis :

— Vous ici... des nouvelles d'Isabelle ?

— Eh bien non, justement. Je pensais que vous en aviez et comme j'étais dans le quartier, j'ai préféré monter pour faire un point avec vous. Avez-vous vu le commissaire ? Que dit-il ? Et votre voyante ? Vous portez les pulls d'Isabelle maintenant ?

Cette avalanche de questions me décontenança un peu et je tentai de lui répondre point par point, sur un ton légèrement agacé pourtant le plus clairement possible. C'était aussi un moyen de clore cette visite inopinée, mais néanmoins compréhensible. Elle insista pour avoir des détails sur ma dernière visite à Malina et elle me recommanda de la consulter de nouveau pour savoir ce qu'elle pensait de l'évolution de l'enquête. Elle se proposa même de m'accompagner, ce que je refusai cette fois le plus aimablement possible. Je ressentais qu'elle n'était pas vraiment satisfaite de mes explications et je lui promis de retourner chez ma magicienne. Elle s'en alla d'un pas saccadé, les bras ballants, en dysharmonie totale avec son autorité habituelle. L'idée d'aller encore rendre visite à J.M n'était pas futile. Je téléphonai donc pour prendre rendez-vous en évoquant une ultime interview. Son fils me fixa un entretien entre deux consultations et me précisa qu'en attendant, il me serait sans doute possible d'échanger un peu avec son frère, présent à ce moment-là. En effet, la conjoncture était avec moi, une chance pour recueillir un nouveau témoignage. Préalablement, je décidai aussi de passer au commissariat pour vérifier si le transfert de la personne arrêtée avait été fait. Le commissaire me fit attendre un peu, mais j'obtins finalement une réponse à mon interrogation. L'attaquant se trouvait maintenant en isolement et j'étais invité à venir le reconnaître 48 heures plus tard.

La rue de Monceau était déserte, voire triste, comme si elle se trouvait dans un environnement abandonné de tous. Aucune difficulté pour accéder à la cour, au sein du cabinet de J.M. Accueilli comme à l'accoutumée, je m'installai au secrétariat. Effectivement, les deux frères étaient présents et je les saluai courtoisement, l'un d'eux en train de gérer le téléphone, les clients et l'agenda, et l'autre écrivant quelques lignes sur le coin du bureau. Je l'interrompis dans sa rédaction et lui dis :

— Je ne vous dérange pas, car vous me paraissez bien inspiré ?

— Non, j'aime bien écrire des poèmes. Le bruit ne me gêne pas, au contraire, il m'accompagne et ce lieu me téléguide.

Je découvris alors une facette de l'autre fils de Malina. Lors de notre première rencontre, il m'était apparu cartésien, en fait il était littéraire. Le trait de personnalité de cet étudiant en médecine m'étonnait un peu, je poursuivis donc :

— C'est fabuleux ! Quels sont les thèmes qui vous inspirent ?

Il leva sa tête du bureau où il s'était penché pour écrire, me fixa légèrement, comme si je devenais à cet instant l'une de ses sources d'imagination, et me dit :

— Les personnages, les chats, la campagne, les voyages, tous les thèmes me séduisent et dictent mes pensées. J'ai réalisé un poème sur une partie de mon passé, sur ma mère aussi, tout ceci procède de ma vie intérieure.

Intrigué, je demandai :

— Vous serait-il possible de me lire quelques extraits de celui que vous avez composé sur votre maman ?

Il accepta sans retenue particulière. Au contraire, il voulait ainsi me témoigner sa confiance et contribuer de manière originale au travail que j'étais en train d'effectuer. J'y voyais là aussi un moyen de mieux appréhender cette famille, qui me semblait soudée par une forme de mysticisme maternel. Avec une voix légèrement ténue, il récita quelques lignes de son poème :

« Le lien qui m'unit à toi est bien étrange... mais je ne vois qu'une alliance magique née du temps, une chimie du vivant... pendant ce temps, mère unique, combien de choses se sont mêlées ? Mues par un lien invisible et étrange, dont l'unique objet est d'unir toujours une mère à son fils. »

Cette envolée poétique m'émut. Je le remerciai d'avoir bien voulu partager avec moi cet espace intime et s'être ainsi révélé.

Dessin du fils de Malina illustrant le poème

Je me remémorai les analyses de Malina sur la télépathie et la clairvoyance que j'avais notées. Ces pratiques s'expliqueraient par la connexion sur le plan astral de tous les individus, où qu'ils soient ; l'astral dirigeant nos activités organiques, émotionnelles et intellectuelles, associant les impressions et les sensations. Ce lien entre une mère et son fils hypersensible serait donc développé par le mental, où siègent la pensée et la volonté sous l'influence de l'astral. Après avoir recommandé au fils de Malina d'éditer ses poèmes, je voulus parler de cette influence extraordinaire avec J.M, qui me reçut peu après ce moment chargé de chaleur humaine.

— Malina, votre fils vient de me lire un poème, il est talentueux. Je vous félicite de leur avoir donné ou transmis ce sens artistique, voire esthétique, dans une alchimie qui m'est encore un peu étrange. Je voudrais revenir sur cette notion de passage, cette interaction d'un individu avec l'autre sous l'ascendance de l'astral. Pouvez-vous compléter votre analyse ?

— D'abord, merci pour votre compliment. Mes enfants expriment différemment leurs émotions et leurs intuitions. Mon environnement, sans aucun doute, renforce cette capacité à extérioriser leur talent. J'ai simplement fait en sorte qu'ils développent eux-mêmes leurs propres ressources. Je suis fière de ce qu'ils sont, je sais qu'ils réussiront dans leur domaine respectif et je leur donne tout mon amour en les protégeant au maximum. Inconsciemment, je leur ai peut-être transmis ce don d'extralucidité. Mais je ne force rien en la matière, c'est trop difficile à gérer ! Pour revenir à votre question, l'interaction s'opère au travers du corps astral, appelé différemment d'ailleurs par Hippocrate, Pythagore ou Allan Kardec. En effet, ces philosophes et médecins, à des époques différentes, parlaient « d'enormon », de « perisprit » ou bien encore de « corps lumineux ». Cette diversité d'appellations montre tout de même qu'il y avait entre eux une unité de croyances sur la force vitale et psychique. Vous savez, toutes les religions et sciences métaphysiques ont connu les activités organiques, émotionnelles et intellectuelles de l'homme. Jadis, on retrouve cette définition du corps astral dans l'Égypte, la Chine, la Grèce ancienne, etc. Dans le domaine de la religion, Saint-Thomas lui-même distinguait trois sortes d'âmes. Le pouvoir de la pensée est donc indéniable dans tout ce qui nous fait agir ou interagir, dans l'immédiat ou dans l'avenir.

— Nous serions donc tous reliés par ce corps astral, dans un univers presque imperceptible ?

— Il peut être identifiable si l'on veut se reconnaître comme une infime partie d'un tout, beaucoup plus important que nous. Alors, le pouvoir de la pensée détermine des ondulations vibratoires qui se matérialisent par des énergies transmissibles et les pensées peuvent devenir des choses réelles. Je vous invite à lire quelques pages de Paul-Clément Jagot, écrivain et spirite, qui décrit les différentes manières de développer une force pensée créatrice et de commander ainsi à sa destinée. Il est donc possible d'induire qu'un psychique conscient et fort parvient à tout ce qu'il veut, et qu'il peut avoir une action non seulement sur les autres, mais aussi sur les évènements.

— Sans véritablement évoquer la mantique, car je sais que ce n'est pas votre domaine d'activité, y a-t-il néanmoins des liens entre l'univers, le corps astral et l'influence des planètes ?

— Oui, si l'on se réfère aux Éphémérides. Car les évènements d'un jour peuvent s'opérer peu ou prou en fonction des différentes positions des planètes dans le zodiaque, tout dépend de la place des planètes et de leurs influences positives ou négatives. On dit que le soleil a un influx plutôt favorable, alors que la lune est possiblement bénéfique quand elle est ascendante et assez défavorable quand elle est descendante. Je remerciai Malina de tous ces éclairages en matière de transmission psychique, car je prenais aussi conscience qu'il fallait tenir compte de notre filiation et du passage des qualités intrinsèques d'un individu à l'autre. Nous étions tous porteurs d'un héritage psychique, notamment d'un parent à un enfant, consciemment ou inconsciemment. Jusqu'où pouvions-nous être responsables de cet acte de recevoir ? Voilà une question au processus complexe qui se posait à moi à l'issue de ces entretiens riches d'enseignement. Je remis à plus tard ce point à approfondir car, en consultant mon mobile, je lus qu'il me fallait de nouveau passer au commissariat. La police avait bien transféré celui qui était soupçonné de m'avoir attaqué. En sortant du cabinet de Malina, je devais confirmer s'il s'agissait ou non de Guy.

À peine arrivé au poste de police, on me pria d'aller m'installer au premier étage du bâtiment, dans une pièce aménagée d'une table et de chaises. Une petite lampe de bureau était posée sur ce qui servait de bureau. Il y avait aussi de quoi filmer : une caméra était à disposition, sans doute pour garder des images d'interrogatoires. La table n'était pas très propre, on pouvait y trouver des taches de café. Rien de vraiment accueillant. J'avais l'impression d'être un des acteurs d'un film noir, à la manière de Melleville partageant les répliques de Lino Ventura. J'étais placé devant un miroir sans tain, je pouvais ainsi observer trois personnes convoquées pour être interrogées. Ils étaient en face de la pièce dans laquelle je me trouvais, nettement plus sombre que la leur qui était éclairée par la lumière du jour et par des projecteurs indirects. Les murs étaient décorés de quelques posters, sans intérêt à mes yeux, si ce n'est d'attirer le regard et de cacher probablement les défauts d'un mur qui avait besoin d'être repeint dans des couleurs plus attrayantes et accueillantes. Un enquêteur était aussi présent. J'appris sans autre détail que des questions leur avaient déjà été posées pour qualifier les faits et vérifier s'il y avait possiblement des complices, voire des co-auteurs. Il me fallait repérer qui était Guy pour conforter les soupçons portés contre lui. Cela ne devait pas être compliqué : il s'agissait seulement de confirmer l'identité de la personne que j'avais très vite reconnue en photo. C'était en tout cas crucial, car le commissaire avait bien rappelé qu'il était nécessaire de garder une certaine distance et prudence à son égard avant toute accusation. Tout en étant conscient de cette réserve, je n'avais plus aucun doute sur le personnage qui avait influé négativement sur la destinée d'Isabelle, dont on ne savait toujours pas ce qui lui avait été réservé. Quoiqu'il en soit, je voulais savoir et comprendre. Peut-être avais-je aussi une part de responsabilité dans ce qui avait entraîné notre rupture, mais la proportionnalité entre le mis en cause et ma relation d'avec Isabelle ne se mesurait pas de la même manière. Enfin arriva le moment de la (re) présentation. Chacun portait une petite plaque avec un numéro de 1 à 3, l'atmosphère était un peu glaciale. La présence à mes côtés de l'officier de police judiciaire, proche collaborateur du commissaire qui était absent de cette séance, me stressa un peu, comme si tout à coup, tout reposait sur moi. Gare à l'erreur et à mon sens de la physionomie… Néanmoins, il me fallut quelques secondes pour reconnaître Guy. Les cheveux ébouriffés, la mine défaite, voire les traits tirés, il avait perdu de sa prestance de coach. J'avais l'impression qu'il avait été pressé pour préparer dans l'urgence ses affaires pour ce déplacement imposé. Vêtu d'un blouson en jean bleu foncé, d'une chemise blanche à peine repassée et d'un pantalon de bas de jogging de couleur gris, le tout légèrement dépareillé, il faisait presque peine à regarder. Comment Isabelle avait-elle pu être aussi manipulée ? pensais-je. Le policier présent me demanda :

— Alors, qu'en pensez-vous ? Avez-vous reconnu votre homme ?

Une fois de plus, je le désignai résolument : il s'agissait du numéro 3, un chiffre symbolique ? Seul l'ami de Malina, le docteur Azoulay, aurait pu le dire. On me fit signer un papier de reconnaissance pour la suite de l'enquête ; était-ce dans la logique de la procédure, je n'en savais rien, et j'avoue que seule Isabelle à cet instant me préoccupait. On me dit aussi que je pouvais rentrer chez moi, sans aucune précision particulière, et que le commissaire me tiendrait au courant, qu'il ne fallait pas perdre confiance, espérer en somme ! De retour chez moi, j'entrepris de tenir au courant la mère d'Isabelle. Je téléphonai aussi à Malina pour savoir ce qu'elle ressentait. Après avoir parlé à son fils le secrétaire, je fus mis en communication avec J.M à la fin de sa consultation.

— Merci, Malina, je vous sais très prise, mais je voulais vous dire que je sors du commissariat et que j'ai reconnu mon agresseur. C'est bien lui qui était avec Isabelle au moment des faits. En revanche, la police ne m'a rien dit en ce qui concerne la disparition de ma petite amie. Pensez-vous qu'elle se trouve toujours dans le sud ? Je suis très inquiet.

— Savez-vous si elle avait des connaissances, des amis ou de la famille du côté d'Aix-en-Provence ? Je vois des discussions, des trafics, la mer aussi... J'avais évoqué une traversée, de l'eau, aviez-vous en projet de vous rendre à l'étranger, de prendre un bateau ?

— Non pas vraiment, nous ne faisions que très peu de projets de voyage. Je ne pense pas qu'Isabelle ait de la famille dans cette région. Nous n'en avons jamais parlé, encore moins avec sa mère.

— La mer n'est pas loin d'Aix, il y a le port de Marseille à une trentaine de kilomètres.

Marseille est un bon indice, rétorqua ma voyante.

Instinctivement, je lui dis que mon intention était d'y aller pour faire ma propre investigation, vivre différemment cette enquête qui me paraissait interminable. Malina participerait-elle à cette mission audacieuse ; peut-être pourrait-elle me rejoindre et pister les traces d'Isabelle grâce à son don ? J.M s'était déjà prêtée à ce jeu dans d'autres circonstances. Mais le pouvait-elle ? En effet, ne l'avais-je pas rencontrée pour un reportage ? Devais-je ne plus respecter l'engagement que j'avais pris : rester dans le cadre de mon métier de journaliste en faisant abstraction de mes affaires personnelles, de ma vie privée ? Cet état de choses ne devait pas interférer dans le dossier que je préparais après les interviews de J.M. Que risquais-je à le lui demander ? Après tout, rien ne m'empêchait de dissocier le travail sur mon article et l'enquête menée pour retrouver Isabelle, il me fallait juste garder le bon équilibre. J'osai donc le lui proposer, en insistant sur le fait qu'elle me serait d'une grande utilité. Rien ne nous empêchait de continuer aussi à parler de ses expériences et de ses points de vue sur la question. Elle n'était pas contre l'idée, tout dépendait de son agenda et de ses disponibilités. J.M me suggéra de lui téléphoner de Marseille et, si mon intention était d'y rester quelques jours, elle me dirait alors si son déplacement était possible. Dans le meilleur des cas, seul un aller et retour pouvait être envisageable. Sa réponse me laissa un peu dubitatif. En effet, cet espace-temps me paraissait limité pour se donner la faculté de trouver des indications probantes. Bon, mais après tout, cette participation bienveillante était bonne à prendre dans de telles circonstances.

Destination le Sud

Je quittais Malina sur ce projet pour préparer mon voyage qui, probablement, serait de courte durée. Fallait-il que je prévienne le commissaire ? Non, je n'en fis rien, considérant qu'après tout, j'avais fait ce qu'il fallait pour témoigner utilement et faciliter sa recherche. Deux jours passèrent sans nouvelles particulières de la police, que je n'avais pas rappelée. Avant de partir pour Marseille, j'avais néanmoins prévenu la mère d'Isabelle en lui rapportant les échanges que j'avais eus avec ma voyante. Elle avait voulu m'accompagner, mais je l'avais aimablement éconduite, car je voulais être libre de mes mouvements et de mes allées et venues sur place.

Déterminé et à l'heure, je me trouvais à la gare de Lyon à Paris. À 6 h 10 pétantes je montai dans le TGV affrété pour ce périple méditerranéen. Je me retrouvai dans le train qui n'était pas complet. Ma réservation me conduisit à m'asseoir à côté d'un homme d'une soixantaine d'années. Il avait descendu sa tablette, où il avait déposé de quoi prendre un petit-déjeuner, acheté probablement dans le kiosque des ventes alimentaires à emporter proche du quai – j'avais failli moi-même m'y arrêter –. Ce passager était placé du côté de la fenêtre, ce qui en fait m'arrangeait quelque peu, car j'étais plus à l'aise côté couloir ; ne serait-ce que pour me lever en cas de besoin lié aux contraintes physiologiques de tout être humain… Il portait de petites lunettes et était soigneusement habillé. Nous nous étions salués. Durant cette politesse réciproque, je n'avais pas remarqué d'accent marseillais. Le sien n'était pas chantant mais plutôt pointu, comme le mien d'ailleurs. Il était plutôt sympathique, je l'abordai donc. Subitement, je lui dis :

— Vous êtes de Marseille ?

— Non, pas du tout, mais j'y vais régulièrement pour suivre mes activités. Et vous ?

— Moi non plus je ne suis pas de Marseille, mais de Paris. Je vais faire un reportage, je suis journaliste.

— Ah oui, dans quel cadre le faites-vous ?

— Sur des questions qui touchent à l'environnement et la mer.

Je cachais naturellement les raisons profondes de mon trajet inopiné. À ma grande surprise, il me répondit :

— Cela m'intéresse, car je suis conseiller du président du port maritime. Peut-être pourriez-vous parler de notre activité et de son développement, vous savez, c'est le premier port de France et le sixième au niveau européen. Qu'en pensez-vous ?

— Oui, pourquoi pas. Pourrais-je aller sur le site ?

Je saisis l'opportunité qui m'était donnée par cette personne, qui semblait bien connaître Marseille et ses principaux décideurs. L'environnement portuaire assez proche du centre-ville, du vieux port et de la Joliette était un endroit stratégique, les trafics y étant importants. Le golfe de Marseille est un univers d'échanges internationaux, voire mondiaux, de la marine marchande aux traversées touristiques, entre continent maghrébin et bassin méditerranéen. Ce tête-à-tête, ou plus précisément ce côte à côte, n'était pas lié au hasard, j'étais sans doute téléguidé par une onde astrale. Tout me ramenait aux prédictions de J.M : Isabelle pouvait se trouver dans un pays chaud. L'Afrique du Nord, l'Espagne, l'Italie voire le Proche-Orient pouvaient être des régions où elle demeurait. Bien sûr, le champ d'observation était vaste et hasardeux, mais ne fallait-il pas tout tenter ? Il me tendit sa carte de visite : on pouvait y lire Bernard Tavernier, administrateur, conseiller du président ; de quoi en mettre plein la vue, pensais-je. Je la pris avec intérêt et la gardai précieusement.

Durant le voyage, je fus bercé par des paroles sur l'économie maritime et le poids des syndicats. Seuls quelques points de vue aux abords de la Bourgogne, puis de la Provence, vinrent distraire la tonalité de ce dialogue, qui m'apparaissait au fur et à mesure légèrement assommant. Il est vrai que je m'étais levé très tôt pour ne pas rater le TGV et que cette enquête me fragilisait de plus en plus. Nous venions de passer Aix-en-Provence, où le train avait fait une halte avant de repartir rapidement, laissant à son passage quelques touristes et hommes d'affaires. Cet arrêt me fit penser à l'arrestation de Guy, qui séjournait récemment dans le pays aixois. Qu'était-il devenu depuis cet épisode où je l'avais reconnu au travers d'une vitre sans tain ? Était-il retenu par la police, ou bien avait-il été libéré sous surveillance ? Je n'en savais rien, mais en fait ce n'était pas le plus important, j'avais déjà priorisé mes objectifs : trouver Isabelle et clôturer mon article sur J.M.

À 9 h 30, après un léger retard, nous débarquâmes gare Saint-Charles, où je quittais, après l'avoir salué, le personnage avec lequel j'avais partagé ma route durant plus de trois heures. En se séparant, il m'avait invité à ne pas oublier de lui téléphoner pour visiter le site. Après avoir franchi le hall de gare, je recouvris une énergie bénéfique, comme irradié par la luminosité resplendissante qui se dégageait du ciel et qui se reflétait du haut du grand escalier donnant accès au boulevard d'Athènes. Après avoir descendu d'impressionnantes marches qui me parurent interminables, je me retrouvai à quelques pas de l'hôtel que j'avais réservé, pas très loin du Vieux-Port et de la Cannebière. Le réceptionniste avait exceptionnellement accepté que je puisse disposer de ma chambre dès mon arrivée, ce que j'appréciais. Elle était assez confortable et je pouvais apercevoir la pointe de la Bonne Mère, Notre-Dame-de-la-Garde, ce qui me ravissait. J'aimais cette présence protectrice de la vierge et de l'enfant, et je pensais qu'elle n'était pas seulement la gardienne des marins et des pêcheurs, mais aussi de tous celles et ceux qui, à un moment, se sentaient perdus. Qui n'avait pas quelque chose à demander à la Vierge ? Certes, je n'étais pas pratiquant, mais rien ne m'interdisait de croire à la réalisation de mes désirs profonds et de me confier à la Bonne Mère. Soudain, je pensai que Malina m'avait confié que, souvent, ses clients fidèles la considéraient comme leur petite mère spirituelle, car elle savait écouter avec bénévolence. Sa force, son réconfort, sa disponibilité pouvaient avec quelques mots chasser des maux récurrents et malfaisants ; une bonne mère en somme.

Par où commencer ? Je choisis de prendre sur moi deux photos d'Isabelle et d'interroger quelques commerçants des artères adjacentes de la Cannebière, quartier souvent mouvementé et considéré d'ailleurs par les Marseillais comme un coupe-gorge en fin de journée. Je me dirigeai donc vers le quartier populaire de Belsunce, où se trouvait l'ancien cabaret-théâtre L'Alcazar que fréquentait Fernandel, une salle transformée en une bibliothèque ouverte à tous. Ce secteur cosmopolite mêlé de Maghrébins, d'Arméniens et d'Asiatiques est très vivant et ses boutiques de vente de textiles en gros brassent toutes sortes de populations. J'empruntai le Cours de Belsunce jusqu'au Vieux-Port de Marseille. Au cours du chemin suivi à pied, je m'arrêtai aux boutiques les plus exposées à « qui veut rentrer et se renseigner ». Je me présentai aux commerçants avec une certaine retenue et avec toute la politesse requise, afin que l'on ne me prenne pas pour un policier en civil. La question et mon attitude, même si elles pouvaient paraître curieuses, ne changeaient pas d'un iota :

— Bonjour, monsieur, désolé de vous déranger, voilà... Je suis à la recherche de mon épouse qui a disparu, elle est à Marseille. Tenez, regardez, j'ai une photo d'elle, peut-être serait-elle venue dans votre boutique ? La reconnaissez-vous ?

La plupart du temps, la réplique, accentuée plus ou moins d'un français d'oc maladroit, était aussi toujours la même :

— Ah non cela ne me dit rien, allez voir à la police ou à l'office du tourisme, là-bas ils sauront quoi vous dire...

Parfois, je ressortais complètement décontenancé de ces bazars par les réponses hasardeuses qui m'étaient faites, ou alors j'étais carrément chassé des ateliers de textiles sans aucune attention. À quelques pas, le vacarme du lieu où je me trouvais m'assomma. Désorienté, je ne savais plus s'il fallait que j'aille du côté de la mairie ou du côté de la préfecture. Tous ces repères ne me permettaient pas de revenir à plus de réflexion et j'avais beaucoup de difficulté pour choisir le côté droit ou gauche du Vieux-Port face à la fameuse Cannebière. C'est seulement après quelques minutes de pause au marché de poissons vendus à la criée, inspiré par cette carte postale aux couleurs réconfortantes qui s'offrait à moi, que je repartis du côté de la mairie et du quartier du Panier. Il faut dire que la vue était magnifique et tellement mythique, car j'étais bien au cœur de cette grande ville qui a toujours accueilli par la mer les étrangers en perte d'identité et je ressentais bien ce brassage humain. L'aspect économique n'était pas à négliger : il était tel depuis les colonies françaises que ce lieu pouvait être considéré comme un eldorado en puissance, même si toute cette dynamique avait été ensuite déplacée sur le site que je devais aller visiter, grâce à monsieur Tavernier. Néanmoins, toute la densité harmonieuse de ce port de plaisance lui donnait un aspect proche du sacré. Les bateaux amarrés étaient assurément bien ancrés.

Pour me rendre au Panier, quartier très ancien, je longeai les quais et je remontai les quelques marches qui séparent l'arrière de la mairie des premiers immeubles de ce secteur historique. Des ruelles étroites m'accueillaient et me laissaient croire qu'elles avaient été témoins du passage d'Isabelle, pour y découvrir toutes sortes d'artistes, de peintres et de céramistes, ou bien pour écouter des concerts improvisés, montés par de jeunes talents le temps d'un instant, ou à la suite d'un vagabondage ensoleillé. Nous étions proches de la traditionnelle fête du Panier, où s'organisent régulièrement et presque spontanément des spectacles de rue. Un atelier bien-être à la vitrine violette, embellie par des feuillages vert anis, attira particulièrement mon attention. La clientèle était apparemment de préférence féminine et venait pour se faire dorloter, car les soins proposés facilitaient la détente ; en tout cas c'est ce que vendaient les prospectus déposés devant l'entrée. De quels services s'agissait-il ? Je n'en savais rien, car les publicités déposées ne les détaillaient point, ce qui pouvait intriguer les touristes curieux, de passage dans l'une de ces ruelles. Je ne fus pas indifférent à cette manœuvre commerciale. Il fallait passer par un rideau à lanières multicolores pour accéder à l'espace réservé à la clientèle. Je pris le risque de me faufiler jusqu'à l'intérieur de la boutique. Une femme aux rondeurs avantageuses, maquillée de manière excessive, m'accueillit avec une espèce de sourire forcé. Elle portait deux énormes boucles d'oreilles créoles dorées, coordonnées à ses cheveux décolorés tout aussi éclatants. Vêtue d'une robe assez courte et décolletée, elle donnait l'impression de partir pour une fête populaire. Avec une ponctuation et un parler local aux intonations légèrement italiennes, elle me dit :

— Bonjour, monsieur, qu'est-ce que je peux faire pour vous ?

— Bonjour, madame, je découvre votre boutique. Je voudrais savoir si vous avez prodigué des soins à mon épouse, qui serait venue dernièrement.

— Beuh, cher monsieur, je ne sais pas, nous recevons beaucoup de clientes, mais c'est pourquoi ?

— Ma femme a disparu depuis sa visite dans le quartier où elle devait faire des soins, m'avait-elle dit. Puis-je vous montrer sa photo au cas où elle aurait fréquenté votre boutique ?

— Vouai, montrez-moi ! Oh qu'elle est jolie ! Désolé, cher monsieur, cela ne me dit rien, peuchère, que c'est dommage ! Je peux demander à ma collègue.

Elle s'absenta quelques instants dans l'arrière-boutique, séparée de l'accueil par un autre rideau à lanières, tout aussi flamboyant de couleurs vives, et revint presque aussi rapidement qu'elle était sortie :

— Eh non, elle ne l'a pas vu non plus. Repassez éventuellement mon pauvre monsieur, peut-être pouvez-vous me laisser une photo ? Pourquoi ne faites-vous pas quelques affichettes avec sa silhouette, on pourrait les mettre dans le coin.

Je trouvais l'idée intéressante, mais la démarche n'était pas vraiment discrète. C'était trop tôt pour agir de telle manière ; auparavant je devais continuer de visiter d'autres quartiers de la ville et de me rendre sur le site maritime, pensais-je. Il était déjà 14 heures et je n'avais pas déjeuné. Je n'en avais pas envie, d'ailleurs. Je flânai pour finir mon inspection au Panier, je passai par quelques petites placettes où badauds et habitants échangeaient sur l'actualité locale. J'en abordai certains et, inlassablement, ma question était la même : « Reconnaissez-vous cette personne » ? Le résultat à ce stade n'était pas encourageant, et pourtant je ne lâchais rien. Je redescendis vers le Vieux-Port toujours aussi agité pour aller vers le coin de Castellane par la rue de Rome, l'une des principales artères de Marseille. Je n'y allais pas par hasard, j'avais imaginé au fur et à mesure le meilleur plan possible pour optimiser ma démarche. Je commençais à éprouver un peu de fatigue et mes pas devenaient de plus en plus hésitants. En voyant la rue de Rome s'étendre jusqu'à Castellane, celle-ci me parut tout d'un coup interminable. Résister à toute tentative d'abandon, tel était mon mot d'ordre. Le mental prenant le dessus sur le physique, j'affrontai encore avec une certaine efficacité les différents points de vente de mode à petit prix. Tout était fait pour attirer les jeunes femmes au moment des soldes, pour acheter des chaussures, des vêtements et des accessoires.

Je savais aussi qu'une herboristerie bien connue des Marseillais se trouvait dans un recoin de la rue de Rome. La phytothérapie proposée par son créateur, un guérisseur des Alpes-de-Haute-Provence, pouvait être un remède aux états d'âme de certains. Isabelle en était adepte, ayant suivi quelques études parallèlement aux questions de l'environnement, qu'elle défendait avec une conviction assurée. Le soin par les plantes n'était-il pas un baume réparateur pour Isabelle qui, peut-être, se trouvait dans un état de dépression, de tristesse, en manque de chaleur humaine ? Cette contenance éventuelle venait-elle à la suite de son accouchement ? Était-elle à la fin de sa grossesse tant désirée ? D'un coup, ces questions ressurgirent. Il y avait un monde fou devant les différentes devantures des magasins, au point qu'il m'était difficile de tracer mon chemin. Je fis une halte chez l'herboriste. À peine la porte poussée, un empyreume qui se mélangeait à de la verveine et à des olives mentholées m'envahit soudainement. Un serveur à blouse blanche, au visage très pâle et au nez pointu, m'apostropha :

— Puis-je vous aider ?

— Bonjour, monsieur, je ne cherche pas des plantes médicinales. J'ai juste une question à vous poser.

— Ah oui ? Je vous écoute.

— Eh bien voilà, cette personne vous aurait-elle récemment acheté quelque chose ? Je ne suis pas de la police, mais un proche de cette jeune femme.

Tout en prenant la photo que je lui tendais, et après de longues hésitations, il me dit :

— J'avoue que son visage me trouble. Il me semble l'avoir vu... Oui, elle est bien venue il y a peu de temps.

— Était-elle enceinte ?

— Elle était un peu forte, de là à dire qu'elle attendait un enfant, je n'en sais rien. Je me rappelle qu'elle était essoufflée en tout cas, je lui ai même proposé de prendre la chaise et de s'asseoir pour reprendre sa respiration.

— Comment vous paraissait-elle ? Vous en souvenez-vous ?

— Je l'ai trouvée légèrement négligée, elle portait un imperméable taché et son foulard était froissé. Elle paraissait épuisée. Comme perdue, un peu hors de ses pensées.

— Que voulait-elle ?

— Elle voulait que je lui propose une médication qui la détende, qui lui fasse oublier ses soucis, qui la calme. Son comportement et son anxiété m'ont incité à lui faire une préparation adéquate. Je lui ai d'ailleurs demandé de repasser le lendemain matin pour la récupérer. Ce qui l'a agacé, elle s'est même un peu énervée, elle ne comprenait pas la raison pour laquelle elle ne pouvait pas avoir immédiatement satisfaction. Après mes explications, beaucoup d'empathie et un verre d'eau, elle s'est calmée et m'a demandé de bien mettre de côté son produit. Puis elle a quitté la boutique en titubant légèrement.

— Et le lendemain, comment était-elle ?

— Elle n'est pas venue. Cette préparation m'est restée sans être réglée. Voulez-vous prendre la préparation, vous pourriez la lui remettre ?

— Je ne sais pas où elle est, je suis désolé.

Je sortis de chez de l'herboriste avec quelques indices, mais dans une nébuleuse totale. J'étais particulièrement ému, car je savais qu'elle était vivante, mais dans un état physique et mental inquiétant. Et surtout, elle était bien à Marseille récemment. Je m'arrêtai au premier café de la place Castellane pour cogiter sur ces informations. Pas facile de trouver le bon ordre des choses dans de telles circonstances. Je téléphonai donc à Malina, d'une part, pour l'informer et évoquer avec elle le climat de tension dans lequel Isabelle était, et moi aussi par ricochet, et d'autre part pour savoir ce qu'elle voyait, si je devais ou pas poursuivre mon enquête. Son fils me passa J.M sans trop de difficulté. Après lui avoir décrit cette nouvelle histoire, elle me dit :

— Voilà des nouvelles qui permettent d'avancer efficacement. Il faut continuer, vous êtes sur un chemin qui mène à elle, c'est encourageant. J'aurais bien voulu vous rejoindre pour mieux déceler sur place les endroits par lesquels elle est passée, mais malheureusement je ne vais pas être disponible pour me déplacer jusqu'à Marseille. Toutefois, soyez rassuré, je reste à vos côtés pour vous guider. Repérez une grande avenue bordée d'arbres, pas loin de la mer, à proximité du lieu où vous êtes. Je la vois aussi errant vers un parc.

— Une grande avenue ? Peut-être s'agit-il de l'avenue du Prado, c'est une artère qui mène en effet à la mer et vers le stade Vélodrome. Je ne suis pas très loin, je peux m'y rendre à pied. Est-ce que ces noms vous disent quelque chose ?

— Oui, tout à fait. Isabelle veut dissimuler son mal-être, ce qui veut dire qu'elle ne cherchera aucune aide, ce qui ne facilite pas sa recherche. D'ailleurs, son prénom peut révéler cette attitude de fierté, mais aussi de dissimulation.

— Ah oui ? Vous ne m'en aviez jamais parlé. Vous pratiquez aussi un travail sur les noms et prénoms ?

— Très peu, mais les noms et prénoms peuvent me servir à compléter l'arithmologie biblique du docteur Azoulay. On parle alors d'onomancie. Connaissez-vous la pensée de l'occultiste Ely Star ? Pour lui, les influences astrales doivent aussi tenir compte des influences du nom. Le patronyme est un marqueur de ce que peut représenter la famille et, de manière plus individuelle, ce qui est donné par le prénom ; le tout rapporté kabbalistiquement en nombres. Bien sûr, tout ceci n'est qu'un support, une signature. Insuffisant à mon sens pour traduire ou prédire un destin.

— C'est vrai qu'Isabelle n'a jamais voulu avoir tort, mais c'est aussi ce qui fait son charme et ce qui, inconsciemment, m'attache à elle. Peut-être aussi un moyen de me stimuler.

— Bon, dites-moi ce qu'il résultera de votre recherche du côté du Prado et du Vélodrome, n'hésitez pas à laisser un message à mon fils si je suis occupée.

— Je dois aussi aller du côté du port maritime, j'ai trouvé un contact là-bas qui me permettra d'y accéder simplement, qu'en pensez-vous ?

— Oui, oui, poursuivez dans ce sens.

Cet échange me réconforta. Je repris mon parcours avec beaucoup plus d'aisance et cette petite halte me permit de reprendre courage et détermination. De plus, je venais de découvrir l'onomancie, une autre approche liée à l'astrologie, que je ne connaissais pas et qu'abordait Malina avec une certaine retenue. Dès la place Castellane, dominée par une colonne dont la base est ornée par une jolie fontaine, l'avenue du Prado était très fréquentée et la circulation était intense. J'abordai avec aisance l'avenue, car ses trottoirs larges me permettaient en effet de mieux observer les différents points où aurait pu s'arrêter Isabelle. L'horizon très lointain de cette artère me défiait, au point que j'aurais pu renoncer à aller jusqu'au prochain rond-point. Je m'arrêtai à la bouche de métro pour vérifier si ma compagne ne s'y était pas engouffrée. J'imaginai alors Isabelle complètement absorbée, voire dévorée par cette entrée béante du métro marseillais, ne sachant pas où se rendre, en quête d'une main affectueuse. Je regrettai alors que la mienne ne puisse la rattraper, la retenir. Je descendis les escaliers pour atteindre la plateforme d'entrée. Par chance un préposé était présent. L'homme aux cheveux longs et bouclés, chapeauté d'une sorte de casquette mal posée, portait un uniforme aux couleurs de la société RTM, le réseau des transports marseillais. Ses vêtements professionnels débraillés dénotaient avec l'aménagement ultra moderne de la station. Bref, ce n'était pas important, puisqu'en fait j'échappais aux machines automatiques qui ne remplaceront jamais l'assistance d'une personne physique dans de telles circonstances. En présentant la photo d'Isabelle, je lui dis :

— Pardon, monsieur, je voulais savoir si vous auriez éventuellement croisé cette personne.

— Vous savez combien de personnes fréquentent cette station. Comment voulez-vous que je le sache ?

— Oui, je comprends, mais peut-être auriez-vous été intrigué par une personne qui semblait un peu perdue et que vous auriez aiguillée.

— Non, franchement cela ne me dit rien, de plus je ne suis pas là tous les jours.

Je vis bien qu'il ne voulait apparemment faire aucun effort, comme pour se vêtir le matin pour aller travailler, et je n'insistai donc pas. Je me retrouvais sur l'avenue, mais cette fois sur la partie qui mène à la mer. Cette portion de l'avenue plutôt résidentielle était bordée d'hôtels particuliers, de banques, de compagnies d'assurances et d'immeubles en pierre de taille. Les habitants avaient sans doute déserté les quartiers populaires de la ville, où une urbanisation incontrôlée s'était opérée pour accueillir la multiculturalité d'une société hétéroclite. Je passai par le parc Borely à proximité des plages du Prado. La fin de l'après-midi approchait et je n'envisageai pas de retourner à l'hôtel à pied, même en changeant de trajet. Avant de regagner mon hébergement, je franchis les différentes montées du jardin face à un magnifique château, un endroit dit « remarquable » : tout était parfait pour s'épanouir et se reposer. Pourtant, je n'avais plus le temps suffisant pour me détendre car je devais avancer jusqu'à la mer et les plages. Il n'y avait pas grand-monde, à part quelques joggeurs et promeneurs. Peu de gens étaient assis sur les bancs et m'y asseoir ne me semblait pas être une bonne solution. Il valait mieux rester actif, bouger, marcher, avec cette perspective de trouver ce qui pourrait servir pour abriter Isabelle, l'endroit où peut-être elle se serait arrêtée, voire aurait passé la nuit en faisant abstraction des dangers éventuels. La fréquentation de ce lieu pouvait être mauvaise le soir, insécurisante.

Enfin, la plage, la mer et les restaurants. J'en avais bientôt terminé avec cette journée qui, d'un coup, me parut s'étirer sans fin. La mer était calme, la grande bleue semblait être le miroir de mes pensées intérieures, malgré de jolis reflets lumineux de début de soirée. Néanmoins, je n'y trouvai pas les réponses aux préoccupations qui étaient les miennes. Des rocs imposants, installés ici et là comme des frontières franchissables séparant la plage de la mer, pouvaient constituer des cachettes possibles. Je m'y attardai afin de voir si je pouvais y trouver l'empreinte de ma dulcinée. Je découvris tout ce qui avait pu échouer, venant de la mer : une paire de lunettes cassée, une sucette d'un rose délavé couverte de sable, une vieille semelle de chaussure ayant fait ses preuves par son usure, marquée par les flots réguliers des courants maritimes. Rien, jusqu'au moment où je vis un foulard coincé entre les pierres. Je m'y intéressai, car il aurait pu faire partie de ceux que portait Isabelle. Je me rappelai soudainement le signalement du naturopathe quelques heures auparavant. Il avait remarqué un cache-nez féminin autour de son cou. L'eau salée de la mer n'avait pas trop attaqué le tissu, il s'agissait d'une bonne qualité, probablement en soie. Était-ce enfin un signe qui m'était destiné, Isabelle se serait-elle manifestée avec ce fichu ? Était-elle proche ? Cette manifestation me donna un peu de baume au cœur. Ce message venait-il du réel ou de l'au-delà ? Je verrai avec Malina à mon retour à l'hôtel. En attendant, je pris délicatement avec moi cette pièce à conviction, comme une preuve essentielle, et je recouvris l'emplacement de ma découverte avec une énorme pierre naturellement colorée, comme pour le sanctuariser éternellement. Ma nuit n'avait pas été bonne, à cause de mon expérience de la veille sans doute. À peine levé, je pris en main le foulard que j'avais ramassé. Malgré quelques auréoles, certaines de ses couleurs restaient vives. J'inspectai avec minutie l'écharpe abandonnée au gré du vent et de la mer. Je ne me rappelai pas l'avoir vue au cou d'Isabelle. Peut-être l'avait-elle achetée récemment ? Elle aimait en porter en toutes occasions, le tiroir de la commode dans lequel elles étaient rangées était plein. Il lui suffisait de choisir la bonne, celle qui serait en harmonie avec les vêtements du jour, l'évènement ou bien la sortie prévue. Elle n'aimait pas les égarer, je me souvenais d'ailleurs d'une querelle avec l'une de ses amies lors d'un anniversaire. Isabelle avait été invitée pour fêter les 14 ans du fils d'une de ses copines. Elle portait alors un joli foulard blanc moucheté avec des imprimés de marguerites jaunes, très printanier. Après de longues conversations, des moments de joie, de plaisir et de souvenirs avec les connaissances présentes, elle décida de rentrer en début de soirée et se leva d'un bond du fond du fauteuil dans lequel elle était confortablement installée. Elle s'aperçut alors que ce fameux fichu avait disparu, où pouvait-il bien être ? Isabelle interrogea de manière insistante chacun des invités faisant aussi le tour de ses copains et amies.

— Vous êtes sûr de ne pas l'avoir vu ? Je l'avais autour du cou, mais ce n'est pas possible, regardez dans vos affaires…

Puis, s'adressant à son hôtesse :

— Bon, Myriam, où as-tu mis mon foulard ? Rends-le-moi ! J'y tiens.

Son départ fut particulièrement remarqué et son amie, vexée, témoignant de ses regrets, n'y fit rien ! Je ne savais plus comment faire pour calmer son exacerbation. J'avais promis de lui en racheter un autre, ce qu'elle avait apprécié malgré tout.

La situation actuelle dans laquelle elle se trouvait ne devait pas arranger son état et sa vulnérabilité. J'avais de la peine pour elle. Je ne savais pas si, au fond, cette écharpe était à Isabelle ; néanmoins, je la conservai précieusement. Bon, qu'allais-je faire maintenant ? Je devais d'abord téléphoner à Malina pour savoir ce qu'elle pressentait. Avant que je ne compose le numéro de téléphone de son cabinet, celui du commissaire de police s'afficha. Je répondis après quelques hésitations, car la police ne savait pas que j'étais à Marseille à la recherche d'Isabelle.

— Bonjour, monsieur Dominiak, c'est la police ! Bon, je viens vers vous pour vous tenir au courant. À ce stade, nous n'avons rien contre votre agresseur en ce qui concerne votre compagne. Nous allons le surveiller dans la limite des autorisations que nous pourrons obtenir, tout en fermant l'enquête pour le moment. Nous retenons bien sûr les coups et blessures à votre encontre. Il ne sera pas poursuivi au pénal et s'en sort avec une contravention. Je pense que cela lui donnera une bonne leçon pour l'avenir.

J'étais tellement décontenancé par cette annonce officielle que j'en restai presque muet. Je m'en sortis à demi-mot :

— Mais c'est injuste ! Et Isabelle alors ?

— Pour madame Petit, c'est autre chose. Elle est majeure et nous pensons qu'elle est en droit de choisir sa vie et de disparaître. Il faut se donner plus de temps, c'est aussi pour cela que nous fermons provisoirement l'enquête ; néanmoins, cela nous laisse la possibilité de rebondir à tout moment. Soyez patient, monsieur Dominiak, car nous avons déjà vu des cas où la personne réapparaît. N'hésitez pas à m'alerter si les choses évoluent de votre côté. Quoiqu'il en soit, nous nous mettons en veille active.

— Alors vous arrêtez l'enquête ? Je ne suis pas d'accord avec la manière dont vous l'abandonnez. Je ne m'interdis pas de saisir directement le procureur de la République pour la relancer. Je n'abandonne pas aussi facilement, et si Isabelle avait été maltraitée ?

— Avec les éléments en notre possession, rien ne nous amène à avoir cette présomption ; nous pensons plutôt à une séparation, à une fugue en somme. Mais je vous l'ai dit, rien ne nous empêche de reprendre l'affaire.

— J'avoue ne pas comprendre une telle décision et elle ne me convient pas. Sachez-le !

— J'entends, monsieur Dominiak, mais pour le moment cela nous semble une bonne décision. Nous restons de toute manière en contact. Bon courage à vous, ne désespérez pas surtout, et ayez confiance, vous retrouverez Isabelle. Vous savez où me joindre rapidement.

Cette réponse était affligeante. Toutefois, ma croyance de retrouver Isabelle vivante primait et mes agacements soudains s'estompèrent, car ma disponibilité et mon adaptabilité aux évènements demeuraient. Pris d'une volonté de combattant, je téléphonai donc à Malina.

— Bonjour, Malina, je ne pensais pas vous avoir directement, j'espère que je ne vous dérange pas.

— Je vous écoute, monsieur Dominiak. Quelles sont les nouvelles, où en êtes-vous ?

— J'ai suivi le chemin que vous m'avez indiqué jusqu'à la mer. Aucun signe, à part un foulard que j'ai retrouvé coincé entre deux roches au bord de la plage. J'ai pensé qu'il pouvait appartenir à Isabelle, car elle en portait souvent. Et puis, je viens d'avoir le commissaire de police au téléphone, qui m'a signalé que l'enquête était stoppée et qu'Isabelle avait sans doute fugué. Quant à mon agresseur, il écope simplement d'une amende.

— Votre ténacité aura des résultats, je sens de bonnes vibrations. Je maintiens mes premiers clichés, votre compagne se situe vers des chemins ardus, je vois des brindilles, des pierres, une corniche. Y a-t-il ce type d'environnement autour de vous ? Elle n'est pas loin. Même si, à un moment, Isabelle a voulu traverser la mer pour un pays chaud, elle ne l'a vraisemblablement pas fait.

— Je suis en pleine ville, mais autour de Marseille il y a beaucoup de sentiers, soit dans les terres soit au bord de la Méditerranée. Devrais-je y aller ?

— Je vois aussi une prison pas loin. Isabelle est comme emprisonnée… non ce n'est pas cela, elle n'est pas loin d'une prison.

— Il y a bien la prison des Baumettes. Cela vous dit quelque chose ?

— Regardez attentivement de ce côté-là. Je vous invite à vérifier s'il y a des chemins à emprunter dans ce quartier qui seraient proches de ceux que je viens de vous décrire.

— Pensez-vous aussi que je dois aller au port maritime ? Je l'avais envisagé.

— Privilégiez le secteur de la prison en premier lieu, puis le port si vous ne découvrez rien de particulier, et tenez-moi au courant. Prenez votre temps. Toutes mes pensées spirituelles vous accompagnent.

Je remerciai J.M de ce nouvel éclairage qu'elle m'avait transmis presque spontanément. Elle ne m'avait même pas demandé ma date de naissance ou celle d'Isabelle pour poser symboliquement les chiffres de notre destinée, comme elle pouvait le faire habituellement. Malina avait fait appel à son don de sympathie à mon égard, à sa faculté de perception innée. Elle apportait indéniablement son aide morale à la détresse que mon aura dégageait, et probablement aussi à celle d'Isabelle. Cet humanisme devrait être transcrit dans mon article, sans pour autant relater ma propre expérience qui me regardait. C'était en somme ce trait de caractère de ma voyante qui mettrait un point final au sujet que je venais de traiter. Je ne regrettais pas d'avoir connu cette extralucide, elle m'avait en effet beaucoup apporté, elle était devenue en quelque sorte ma guide spirituelle.

En cette journée ensoleillée, depuis ma chambre d'hôtel, la rédaction de mon reportage était enfin terminée. Soulagé, je n'étais pas mécontent de ce travail et satisfait d'être allé jusqu'au bout de cette aventure journalistique. Comme je m'y étais engagé, j'envoyai une copie à Malina, après avoir prévenu ma rédaction. J'étais aussi rassuré, car mon rédacteur en chef m'indiquait que, heureusement, les délais étaient globalement tenus et que la parution de ce papier était bien prévue.

Par correction, je contactai aussi le conseiller du président du port maritime de Marseille pour lui dire que je ne pourrai probablement pas le visiter et voir le site comme je le pensais. Je devais en effet repartir très vite à Paris à la demande de ma rédaction. Il me semblait un peu déçu, je le tranquillisai donc en programmant avec lui un autre moment plus propice, car j'avais beaucoup apprécié notre échange dans le TGV. Ce possible changement me permit de modifier mon itinéraire et de privilégier les pistes qui m'avaient été soufflées par J.M.

Je repartis, mais cette fois dans un taxi que l'accueil de l'hôtel m'avait réservé, pour aller du côté des Baumettes. Nous passâmes par la rocade pour donner un peu de couleur positive à mon déplacement, un lieu qui dépaysait tant l'endroit bénéficiait d'une vue extraordinaire. Dans quel état retrouverai-je Isabelle ? Avais-je moi-même suffisamment pris conscience de son désarroi ? Quel sens donnais-je à ma quête de vie commune, n'avais-je pas maintenant atteint le degré adéquat de maturité pour accepter d'élever un enfant avec la personne que j'aimais ? Malina m'avait soutenu que j'en étais le père. Ne fallait-il pas que j'efface à tout jamais les doutes qui pouvaient encore me submerger ? Les différents parcours que je venais de faire m'avaient sans doute permis de mieux réfléchir à mes *desiderata* profonds et sincères. Cette introspection saine me permettait d'avancer et peut-être d'y voir plus clair. L'amour devait prendre le pas sur toute forme d'égoïsme, ce n'était pas me sacrifier. Ne devais-je pas m'oublier un peu pour accueillir et partager cette nouvelle vie que me proposait Isabelle, avec la naissance d'un nouvel être qu'elle mettrait au monde ? Je ressentais que je changeais de croyances et que la lumière d'une nouvelle étape de vie s'ouvrait à moi, à nous.

Au bout du chemin

Il faisait beau et chaud ce matin-là. Le ciel était magnifique. Le château d'If, avec ses pierres légèrement orangées, posé là aux abords de la côte et des plages, s'imposait au regard. Ce cadre se prêtait à avoir un moral d'acier. Et pourtant, je n'y voyais qu'un lieu d'enfermement qui avait meurtri bien des prisonniers, dont le jeune Edmond Dantès. Le futur Comte de Monte-Cristo, amoureux de la belle Mercedes, y avait été délaissé dans des conditions inhumaines. Esseulé, ce paysage environnant m'attristait. En effet, je me sentais abattu et mes bleus à l'âme m'entraînaient à penser encore et toujours à Isabelle. Les vitres avant du taxi étant ouvertes, j'appréciai ces coulis d'air légèrement rafraîchissants qui me permettaient de reprendre le manche.

Mon attention fut soudain vive au moment où la radio qu'avait mise le chauffeur diffusa une chanson de Herbert Léonard. Ce n'était pas forcément mon chanteur préféré, même si j'avouais qu'il chantait bien, et c'était plutôt son texte qui attira mon intérêt. En effet, les paroles me parlaient et me touchaient. Quelle étonnante coïncidence, pensai-je ! Ces mots que j'entendais, j'aurais pu les écrire. Je m'imaginais être aux côtés d'Isabelle et lui décliner ces paroles :

« Ne pleure pas, écoute-moi, l'enfant que tu portes en toi est à nous deux, viens près de moi, je ne pouvais pas espérer plus beau cadeau, être plus heureux. » Au même moment, le chauffeur me demanda si je souhaitai qu'il arrête la radio, peut-être avait-il senti mes états d'âme en me regardant au travers du rétroviseur à cet instant précis ? Bien évidemment, il n'était pas question de couper la parole de Herbert Léonard, d'autant que ce second passage m'invitait à me rapprocher de l'avant du véhicule : « Je t'ouvrirai mon cœur et ma maison, pour voir grandir l'enfant que nous aurons, si je tenais à toi, j'y tiens davantage aujourd'hui… ». Avec une certaine nostalgie, je jurai de retrouver cette chanson et de l'écouter à l'hôtel ou chez moi à Paris.

La route défilait, les plages se succédaient, certaines aménagées pour mieux accueillir les jeunes des quartiers nord. Régulièrement, ces derniers se rendaient au Prado en bus pour se baigner, plonger ou faire du skateboard sur les pistes agencées rien que pour eux. D'autres plages se trouvaient plus à l'écart, comme celle où nous arrivions : la Vieille Chapelle, un rivage plus familial et propice aux sports nautiques. Ensuite, nous traversâmes des parties plus arborées, comme le quartier de la Salette, situé en hauteur à proximité des collines du Garlaban, sur les terres de Pagnol. Le chauffeur de mon taxi était très content de cette course qu'il vivait comme un guide touristique, m'indiquant au passage les lieux à ne pas louper et m'invitant à chaque fois à y retourner. Il semblait tout connaître sur Pagnol et, prolixe, me détaillait tout le parcours de vie du réalisateur et de ses créations avec Fernandel. Il me paraissait passionné par son terroir provençal. Il me parla aussi de la ferme d'Angèle, située sur la colline et achetée par Marcel Pagnol pour tourner son film en 1934. Ce décor grandiose me fit penser à Malina, dont la mère se prénommait Angèle. Là encore, je voyais mon guide spirituel me mener sur la bonne route. Le chauffeur me demanda d'ailleurs si je ne souhaitais pas m'arrêter au cœur de cet univers pagnolesque pour aller jusqu'aux barres rocheuses de Saint-Esprit. Il était vrai que ce secteur pittoresque, plein de souvenirs et de sentiers ardus, pouvait être un repère pour Isabelle. Mais J.M m'avait conseillé d'aller vers le centre pénitentiaire des Baumettes, donc je restai dans un premier temps sur cette option, quitte à revenir vers la ferme d'Angèle plus tard. De toute manière, ce n'était pas loin.

Enfin, nous arrivâmes à destination. Je gardai les coordonnées du taxi, car il avait été affable et la communication était bien passée entre nous. Je crois même qu'il avait perçu mes sensations, les radiations avaient été bonnes tout au long du trajet. Malina m'aurait dit qu'il devait avoir une hyper sensibilité intuitive. Mon chauffeur m'avait déposé au centre du quartier, à proximité de la prison. Il faisait très chaud et un mal de tête soudain n'arrangea rien. Ma chemise, pourtant antitranspirante, était toute mouillée, et cette nouvelle sensation à la fois humide et chaude me donna des frissons. C'était Isabelle qui me fournissait régulièrement ces vêtements, car ils étaient écoresponsables et techniquement fabriqués pour absorber l'humidité de la peau. Peut-être ressentais-je quelque chose qui n'avait rien à voir avec cette chaleur étouffante.

Certes, la prison était bel et bien là, mais le quartier paraissait calme, situé non loin de magnifiques calanques. J'avais décidé de trouver un hébergement pour me permettre de prendre un peu plus le temps de suivre les pistes indiquées par ma voyante. L'hôtel n'était pas très accueillant, l'établissement me faisait plutôt penser à une pension de famille assez ancienne. Le hall par lequel je pénétrai avec mon léger bagage était austère, tout y était gris et vert foncé. J'avais l'impression d'être l'un des personnages statiques des tableaux d'Edward Hopper, juste le temps d'un espace américain. Tout y était silencieux. Bref, cela n'avait pas d'importance, mon but n'étant pas d'y rester.

Je repartis très vite vers la prison. En cours de chemin, je reçus un message de ma rédaction qui m'indiquait la date de la parution de mon article et qu'un accord formel avait été donné par ma voyante. Mon rédacteur en chef m'indiqua aussi qu'il conviendrait que je lui transmette le plus rapidement possible le titre de mon papier. Celui-ci devait aussi être partagé avec Malina. J'avais bien entendu une idée en tête, mais je voulais tout de même y réfléchir un peu pour mieux interpréter les propos de la voyante. Le « chapeau » qui précédait ce titre avait été rédigé, car je devais aussi savoir transmettre les réponses de J.M à mes interrogations.

Extérieurement, l'établissement pénitentiaire était entouré d'un mur extrêmement long, délimitant le quartier des prisonniers. Dans la rue principale, où je me rendis pour atteindre un premier sentier, il n'y avait que très peu de passages de véhicules. La circulation était limitée et les piétons n'abondaient pas non plus.

L'attractivité de cette ossature marquant la limite de la vie civilisée et de la détention ne reposait que sur des reliefs incrustés en haut des murs. En y regardant de plus près, je vis qu'il était rappelé ce que pouvaient être les péchés capitaux, comme un moyen de se souvenir qu'il n'est pas bon d'offenser autrui et que le bon moyen de se respecter est de respecter les autres. Ici, aux Baumettes, dénier la morale n'était pas possible, c'était inscrit, peu importe si l'épigraphe était surannée. Au fur et à mesure que je marchais, je découvrais dans un style Art déco chaque allégorie implicitement moralisatrice. Vinrent la colère, la paresse, l'avarice, la gourmandise, l'orgueil, l'envie et la luxure. Je m'attardai sur ces notions de colère : mes excès en paroles ou en actes ; d'orgueil : mon comportement vis-à-vis d'Isabelle ; mais aussi d'envie : ma démesure à propos de sa grossesse et sa volonté d'avoir un enfant. J'en conclus que je m'étais sans doute trop souvent emporté, que je n'avais pas suffisamment relativisé et, qu'après tout, ce qui m'était proposé était une autre forme de bonheur. J'avais au moins acquis dorénavant la tempérance qui devait me manquer.

Après cette introspection quelque peu réparatrice (enfin, je le souhaitais), j'arrivai au bout de la prison où je pouvais accéder aux premiers chemins en terre. La carte que j'avais récupérée à l'hôtel m'indiquait un itinéraire m'entraînant jusqu'aux calanques de Morgiou. J'avais aussi la possibilité d'y aller en passant par le col des Baumettes. C'était plus long, mais son accès plus sauvage aurait pu attirer Isabelle, même s'il était fréquenté par des excursionnistes endurcis de Marseille. Le trajet était étroit, caillouteux et bordé de brindilles et d'essences de la région. Il s'y dégageait des arômes de cette flore provençale, des doradilles, ces petites fougères, et des plantes grasses, essentiellement des orpins ; une espèce d'émanation indescriptible. Les pierres étaient nombreuses et, n'étant pas chaussé correctement, je faillis à plusieurs reprises me tordre les chevilles. Je fis donc attention à ma manière de marcher et, prudemment, mes pas s'adaptèrent aux bosses auxquelles je me heurtais. Il fallait que je m'arrête au col pour me désaltérer, j'avais au moins pris mes précautions grâce à des gourdes suffisamment remplies pour pouvoir atteindre les calanques.

Après de nombreux pas, je profitai d'un banc en pierre qui indiquait que le sommet du col était enfin atteint. Aucune trace d'Isabelle. Était-elle allée jusqu'à la mer qui s'étend à perte de vue ? Ce coin était fait pour une promenade à plusieurs, au moins à deux. J'aurais bien vécu cette aventure avec ma compagne, qui me manquait de plus en plus. Assis, mes pensées vagabondaient et je refis le film de notre vie commune, de nos crises de fou rire, de ses moqueries à mon égard, de nos engueulades aussi, de mon périple parisien pour la suivre et cogner son prétendu amant. Son parfum d'iris cuivré s'exhalait en se mélangeant aux odeurs environnantes naturelles. Le dénivelé qui s'ouvrait devant moi me donnait une perspective des efforts à poursuivre pour atteindre la calanque. Les grillons qui m'accompagnaient orchestraient la suite de mon parcours. En marchant, j'honorais le ciel, la terre, l'eau dont m'avait parlé souvent Malina, ces forces naturelles sans lesquelles je n'étais pas grand-chose pour me reconstituer. Je me rendais compte de plus en plus que mon existence dépendait de ces éléments et que, sans ces derniers, je ne serais pas en train de percevoir une autre trajectoire future. Isabelle serait probablement surprise du chambardement que j'aurais vécu. J'avais hâte de la retrouver pour partager avec elle ce dessein.

Égaré, je fis face à trois chemins, lequel était le bon ? J'avoue que j'étais un peu perdu, jusqu'au moment où je croisai un couple d'une soixantaine d'années. L'un et l'autre portaient un bermuda qui descendait jusqu'aux genoux et pourvu d'innombrables poches, un couvre-chef blanc en toile pour madame et un chapeau safari pour monsieur. De grosses chaussures de randonnée terminaient la tenue vestimentaire de ces promeneurs, qui se sécurisaient avec des cannes anti-chutes. J'étais loin de leur ressembler, je devais leur paraître ridicule ou étrange avec mes vêtements de ville. Ils me saluèrent et, spontanément, demandèrent si j'étais perdu. Je reconnus bien volontiers cette perte de repères et je leur dis :

— Je dois aller vers la calanque, quel chemin me conseillez-vous ?

La femme me montra un sentier et me répondit avec un léger sourire que celui-là était moins accidenté, plus rapide et que la vue était y tout aussi jolie. Cette réponse me suffit. J'en profitai pour leur demander s'ils n'avaient pas croisé une jeune femme aux cheveux roux portant un imperméable, car je devais la rejoindre.

— Était-elle accompagnée d'autres personnes ?

— Non, je l'ai quittée seule.

— Cela ne nous dit rien, me répondit le couple après s'être concerté rapidement.

Nous nous quittâmes là ; ces paroles étaient déroutantes. Ils avaient pris tous les deux un air compatissant pour me répondre, comme s'ils avaient compris ma déception. Mon comportement et l'expression de mon visage m'avaient probablement trahi. J'avais quelques difficultés à évaluer le temps qu'il me restait pour arriver à la calanque. Le sentier balisé jusqu'à la mer, à proximité d'un enclos où se trouvaient des ânes, me paraissait assez proche et en même temps si éloigné.

Tout à coup, je vis dans des broussailles sèches quelque chose qui brillait comme une étoile scintillante. Sans effrayer le baudet qui me faisait face, je m'approchai doucement pour voir cet objet attirant. À ma grande surprise, je découvris quelques perles nacrées. Je les saisis minutieusement car elles s'offraient à moi sans prévenir. J'en déduisis que ma piste était bonne et que ces perles s'étaient probablement détachées du collier d'Isabelle, comme un signe sacré pour me permettre de retrouver son chemin. C'était une marque symbolique qui adoucissait mon chagrin le plus amer. Je mesurai alors la valeur de ces perles.

Je vécus cet épisode comme une récompense qui m'encouragea. Je repris mon souffle après cette découverte heureuse et bus l'eau d'une seule gorgée, tel un rafraîchissement bien mérité. Les paroles de Gérard Philippe, ce jeune et talentueux comédien décédé dans la quarantaine alors qu'il était idolâtré, me revinrent : « Il doit bien exister au monde quelque chose, un lieu qui ne soit pas un rapport de force avec autrui ou soi-même. La tendresse peut-être. » C'est ainsi que, tout en marchant, des images tendres m'imprégnèrent de plus en plus. Peut-être que l'esprit d'Isabelle communiquait avec le mien comme un être immatériel, car je ne pouvais pas la toucher ni la voir concrètement. Seule une visualisation me reliait à elle, un moment intime singulier.

S'agissait-il aussi d'une action à distance de Malina ? J'avais raconté dans mon article la manière dont J.M initiait une chaîne fluidique entre individus, vivants ou non, pour le bien-être de sa clientèle. Sa concentration était alors d'une force extraordinaire, difficilement évaluable. Dans ces cas-là, Malina pouvait allumer l'une de ses bougies pour éveiller ou stimuler des forces spirituelles et créer une puissance de pensée vibratoire. J.M m'avait aussi parlé de ces perles éparpillées à côté d'Isabelle. Ces images que je produisais opéraient sur moi, puisque j'arrivais à anticiper la situation dans laquelle j'allais me retrouver : récupérer et reconquérir Isabelle. Je n'avais pas de moyen de joindre ma voyante pour qu'elle me confirme cette prédisposition. Là où je me trouvais, je n'avais pas la possibilité de téléphoner car les réseaux ne couvraient pas cette partie du territoire, ce que je regrettais, car j'aurais bien aimé partager ce ressenti.

Isabelle, je la voyais comme vous et moi de nouveau heureuse ; elle était belle et gracieuse, toute de bleu vêtue, son teint était hâlé et doré. Elle possédait une charge mystérieuse, tout était resplendissant autour d'elle. J'avançais vers ma petite amie, capté par ce qu'elle dégageait d'amour et de bonheur. Cette aura me donnait la satisfaction de ne plus me sentir envahi par la tristesse qui me dominait jusqu'à présent. J'étais dans un tel état d'excitation que rien ne m'arrêtait, au point de descendre le raidillon que j'empruntai avec sportivité.

La calanque de Morgiou était proche et je me réjouissais par avance de revoir Isabelle et de pouvoir la prendre dans mes bras. Que c'était beau, un petit paradis sur terre, pensai-je. Les images d'Isabelle qui venaient de me lâcher et celles qui se présentaient à moi formaient à elles seules un tableau aux couleurs étincelantes. Ce petit port encaissé entre deux collines était le modèle de douceur que je cherchais. Il y avait de petits bateaux de plaisance à moteur à l'emplacement bien organisé ; chaque navigateur semblait avoir respecté son emplacement d'une manière quasi mathématique, l'alignement en rectangle étant presque parfait. Quelques touristes, des randonneurs et bien sûr des pêcheurs étaient venus récolter des loups, des calamars voire des daurades. Certains préparaient eux-mêmes une bouillabaisse vendue sur place dans les cabanons, autour de ce lieu assez secret. À ma grande surprise, je passai par des vestiges historiques, en particulier un escalier en pierre au niveau du port. Un guide de pêche, que j'interrogeai pour savoir s'il avait croisé Isabelle, me dit avec fierté que cet escalier datait de Louis XIII, venu à l'époque pêcher du thon. Certes, cette information historique était intéressante, mais ce n'était pas celle que je voulais entendre.

J'aperçus le seul bar-restaurant typique de la calanque. Sa terrasse était accueillante, entre ombre et lumière, surplombant le port avec une vue plongeante et panoramique. Il n'y avait pas trop de monde et je pus m'y installer. J'étais presque détendu après ces trois ou quatre kilomètres parcourus, car je devinais qu'une bonne nouvelle m'attendait. Une serveuse vint vers moi pour me demander si je souhaitais déjeuner, sinon je devrais aller à l'intérieur. Elle portait un tablier assez court et un chemisier blanc, et elle était chaussée de spartiates noires avec des lacets noirs tenant ses chevilles. Sa tenue vestimentaire lui donnait l'air d'une jeune adolescente. J'avais faim et je ne voulais résolument pas me déplacer, ce que je lui dis. Son prénom, « Chloé », était écrit sur un badge agrafé sur sa blouse. Au moment où elle me tendit la carte, je formulai alors en lui tendant la photo d'Isabelle :

— J'ai une question importante à vous poser, vous m'avez l'air observatrice, auriez-vous vu cette jeune femme récemment ?

Sa réponse assurée ne se fit pas attendre :

— C'est drôle, monsieur, je crois l'avoir vue en effet. Attendez un peu, oui bien sûr, elle est venue et m'a même demandé où se trouvaient les lavabos. Je lui ai dit d'ailleurs que c'était uniquement réservé à la clientèle. Mais elle a beaucoup insisté et m'a donné un pourboire.

— Oh, Chloé, dites-moi, comment était-elle, vous paraissait-elle épuisée, malade ?

— Non, elle était juste pressée d'aller aux toilettes.

— Comment était-elle habillée ? poursuivis-je.

— Monsieur, j'ai mon service à effectuer et votre commande à prendre. Je ne sais plus trop, une tenue correcte, il me semble. Bon, je suis désolée, je reviens tout de suite…

Je n'en croyais pas mes oreilles, Isabelle n'était pas loin ! Ravi de cette nouvelle, je n'arrivais plus à rester en place. Alors que la serveuse revenait pour me demander si je choisissais le menu du jour, je lui dis que je devais partir de toute urgence. En ajoutant :

— Soyez sympa, gardez ma table et rajoutez un couvert. Nous serons deux.

Chloé m'avait sans doute pris pour un fada. Je me précipitai vers l'allée cimentée qui longeait le petit port pour me rendre vers les cabanons les plus proches. Je n'avais pas le choix du chemin, il n'y en avait qu'un, et au bout la mer, des rochers ou d'autres criques sauvages. Je ne croyais pas qu'Isabelle ait fui cet endroit pour Marseille. D'abord, il fallait y parvenir, ce n'était pas si facile. Certes, un catamaran pouvait vous ramener après avoir fait une escale au port de Cormiou, mais tout cela impliquait une réelle organisation, d'autant que la traversée était plus prisée des touristes venus découvrir par la mer les recoins cachés des côtes de Marseille. Je me renseignai aussi pour savoir si Isabelle ne serait pas allée en direction de l'unique hébergement disponible dans cet endroit retiré, loin du bruissement marseillais. C'était l'un des pêcheurs qui me l'avait indiqué, et c'est avec beaucoup d'hésitation de sa part que j'obtins cette adresse réservée à quelques privilégiés.

« Chez Jeannette » était un petit cabanon au logement spartiate, mais qui semblait accueillant pour une halte, une retraite spirituelle, un havre de paix. Un lieu de régénérescence. Dans les tons ocre et rose, abrité dans des courettes étroites, cet hébergement ne pouvait recevoir que des couples ou des personnes seules. Isabelle y serait-elle ? Y avait-elle séjourné ? J'avançais avec parcimonie pour mieux apprécier le moment où nous nous retrouverions, Isabelle et moi. Je savais aujourd'hui que je ne cherchais plus à combler un vide, car j'étais dorénavant prêt à vivre en couple avec un enfant, ce que j'avais jusque-là refoulé. Je ne cherchais plus le rapport avec Isabelle pour ce que cela pouvait m'apporter, mais bien pour établir une vraie relation amoureuse. J'étais convaincu qu'Isabelle devait être dans les mêmes dispositions.

J'avançai jusqu'au bout du chemin étroit qui menait à la mer pour me rendre « Chez Jeannette », en montant posément quelques escaliers. Tout semblait calme, presque isolé. La porte d'entrée était fermée, les volets peints en jaune étaient en partie entrebâillés pour se cacher du soleil et de la chaleur pénétrante. Apparemment, il n'y avait personne pour me renseigner. Je décidai de revenir un peu plus tard, peut-être que la serveuse du restaurant que j'avais quitté brutalement m'en dirait plus.

Au moment où je réempruntai le même chemin, j'entendis un bruit de moteur, il s'agissait d'un fileyeur tout neuf aux couleurs blanc et bleu, soutenues par de nombreuses boules et bouées roses pour protéger les parois et faciliter l'accostage. « Thétys-La nourricière », tel était son nom de baptême, bien visible de tous les côtés. J'y vis là encore un symbole, car j'appris plus tard qu'il s'agissait en effet de la déesse de la mer, souvent guidée par des prédictions afin de protéger l'un de ses enfants dont la mort était prédite. J'en parlerai avec Malina. Le tire-filet n'était pas important, il était donc facile d'accueillir une ou deux personnes au-delà des marins. Certes, il ne fallait pas être endimanché, mais avec une tenue décontractée, prendre la mer sur ce bateau semblait possible. Le numéro « 13 500 54 Marseille » me laissait supposer qu'il venait probablement du Vieux-Port. Quelques goélands l'accompagnaient pour mieux se servir au passage, au cas où les marins rejetteraient quelques poissons à la mer.

Un petit groupe de touristes se forma au moment de son amarinage. À une cinquantaine de mètres, je les voyais observer les manœuvres du bateau avec beaucoup de curiosité. Tout à coup, je vis de dos une jeune femme à la chevelure frisottante et éclatante, portant un imperméable, un pantalon fuselé imprimé Vichy et, à la main, une valise de voyages équipée de roulettes. Avec une certaine impatience, elle semblait vouloir se précipiter pour monter sur la « Thétys », comme si une hâte insoupçonnée la forçait à fuir. Rien ne paraissait pouvoir l'arrêter, même pas le groupe de personnes présent ou un grand chien noir en liberté venu la flairer indélicatement. Je crus reconnaître Isabelle : oui, cela devait être elle ! Je me lançai vers elle en criant de toutes mes forces son prénom afin que ma voix la bouscule :

— Isabelle, Isabelle, Isabelle… attends-moi, je suis là, ne pars pas !

Malgré mon insistance, j'eus l'impression que ce cri d'amour restait impuissant. Un gamin à ses côtés lui tapota le bras pour lui faire comprendre que quelqu'un semblait l'appeler, tout en me désignant. La jeune femme se retourna alors et me vit enfin. Puis, à distance, nous nous jetâmes un long regard interrogateur, à la fois intense, mystérieux, attendri. Qui étions-nous l'un pour l'autre ?

Le temps s'arrêta alors dans un moment d'incertitude…

Bibliographie et références

- **Henri Brispot,** peintre et lithographe français : https://data.bnf.fr/fr/14961572/henri_brispot/ ;
- **Gaston Bowickhaussen dit Eiffel,** ingénieur et industriel français : https://www.historia.fr/la-fameuse-tour-de-monsieur-b%C3%B6nickhausen ;
- **Gabriel Garcia-Marquez,** journaliste et romancier : https://fr.wikipedia.org/wiki/Gabriel_Garc%C3%ADa_M%C3%A1rquezt ;
- **Tyromancie,** l'art divinatoire par le fromage : https://www.elle.fr/Astrologie/Dossier-Astro/La-tyromancie-l-art-divinatoire-qui-lit-le-fromage-3925209 ;
- **Ruper Sheldrake,** chercheur en biologie, physiologie et parapsychologie : https://fr.wikipedia.org/wiki/Rupert_Sheldrake ;
- **Semyon et Valentina Kirlian,** techniciens et journalistes soviétiques : https://fr.wikipedia.org/wiki/Photographie_Kirlian ;
- **Dominiak,** origine : https://www.geneanet.org/genealogie/dominiak/DOMINIAK#:~:text=DOMINIAK%20%3A%20D'origine%20polonaise%2C%20correspond%20au%20pr%C3%A9nom%20Dominique;

- **L'alphabet sacré, base de toute connaissance, du Docteur Prosper Azoulay** 1961-1965, Éditions/imprimerie Carthage, Paris ;
- **Claude Darget,** interview faite sur Europe n° 1, 1960, 1969 – expériences à la tour Eiffel ;
- **Boules de cristal,** journal de Genève, 20 avril 1983 et 25 mai 1983 ;
- **Nostradamus,** les voyants à l'honneur, interview par Jacques Bergier ;
- **Officiel de la coiffure et de la beauté,** interview de 1971, « Les voyages et la mémoire des autres » par Jacques Nielloux ;
- **Cosmopolitan** « spécial voyances », interview de Malina : « Un parcours initiatique » en 2000 ;
- **Parapsychologie,** « Défense et illustration de la télépathie et de la voyance », Éditions Nouvelles médicales, 25 avril 1970 ;
- **Belline Marcel,** *La troisième oreille, à l'écoute de l'au-delà*, éditions Poche, janvier 1999 ;
- **Gérard Mourgue,** *Le musicien*, édition France Empire, 1977 ;
- **Noir et Blanc** interview de Malina par Monique Beckerich, 7 février 1968 ;
- **Détective** article sur Malina « Tenter d'expliquer l'inexplicable… », janvier 1962 ;
- **Interview FR3**, émission « Ce soir ou jamais » par Caroline Tresca, avec Christian Clavier et Christian Lacroix, 1991 ; interview de Malina ;
- **Canard Enchaîné,** article mai 1983 ; Rubrique « Boule de cristal » interview de Malina ;
- **Edmond Dantès :** https://fr.wikipedia.org/wiki/Edmond_Dant%C3%A8s ;
- **Herbert Léonard,** chanteur, « Mon cœur et ma maison » texte de chanson :

https://www.paroles.cc/chanson,mon-coeur-et-ma-maison,22994 Kebec-disc 1986 ;

• **Thétys,** symbolique, mythologie grecque :
https://fr.wikipedia.org/wiki/T%C3%A9thys_ (mythologie) ;

• **Encyclopédie des sciences occultes**, M.C Poinsot, Éditions Georges-Anquetil Paris, 1925 ;

• **Gérard Philippe,** comédien, poète :
Correspondance 1946-1978 de Gérard Philipe, Biographie de Gérard Philippe ;

• **Xénoglossie**, définition, parapsychologie :
https://fr.wikipedia.org/wiki/X%C3%A9noglossie ;

• **Institut métapsychique international de Paris**, IMI, recherche dans les sciences paranormales :
https://www.metapsychique.org/

• **Interviews par François Deguelt**, auteur-compositeur, chanteur, Europe n° 1, 1970 ;

• **Les politiques et les voyantes** :
https://www.ina.fr/contenus-editoriaux/articles-editoriaux/les-hommes-politiques-et-leurs-voyantes.

Remerciements

Merci à :
- Véronique et Cassandre, Didier et Michèle ;
- Emilie Möri, photographe ;
- Aurélie Stoffel, Josepha Toquereau.

Imprimé en Allemagne
Achevé d'imprimer en janvier 2022
Dépôt légal : janvier 2022

Pour

Le Lys Bleu Éditions
40, rue du Louvre
75001 Paris